继人类

LIVIDO

（意）弗朗西斯科·沃尔索 著

张凡 译

北京理工大学出版社
BEIJING INSTITUTE OF TECHNOLOGY PRESS

图书在版编目（CIP）数据

继人类 / (意) 弗朗西斯科·沃尔索著；张凡译
. -- 北京：北京理工大学出版社，2022.4

ISBN 978-7-5763-1128-0

Ⅰ. ①继… Ⅱ. ①弗… ②张… Ⅲ. ①长篇小说－意
大利－现代 Ⅳ. ①I546.45

中国版本图书馆CIP数据核字(2022)第040677号

北京市版权局著作权合同登记号　图字：01-2022-0444

出版发行 / 北京理工大学出版社有限责任公司
社　　址 / 北京市海淀区中关村南大街5号
邮　　编 / 100081
电　　话 / （010）68914775（总编室）
　　　　　　（010）82562903（教材售后服务热线）
　　　　　　（010）68944723（其他图书服务热线）
网　　址 / http://www.bitpress.com.cn
经　　销 / 全国各地新华书店
印　　刷 / 天津市天玺印务有限公司
开　　本 / 880毫米×1230毫米　1 / 32
印　　张 / 9.25　　　　　　　　　　　　责任编辑 / 高　坤
字　　数 / 187千字　　　　　　　　　　文案编辑 / 高　坤
版　　次 / 2022年4月第1版　2022年4月第1次印刷　　责任校对 / 刘亚男
定　　价 / 49.80元　　　　　　　　　　责任印制 / 施胜娟

吴岩

　　最近，加拿大科幻作家罗伯特·索耶在《多伦多之星》报上发表了一篇文章，叫《我们现在都生活在科幻之中了》。这篇文章用各种事实说明，快速发展的科技所带来的经济、政治、文化变革已经让我们生存在一个类似幻想的时代中了。索耶不是第一次说这样的话。前几年中国科技馆请他来做讲座，我就听他对下面的观众说："你们可能是第一代能活过多世纪的人类，甚至可能是永生的一代！"他的乐观主义和对科技变化速度的认知，着实让我吃惊。但确实如此，如果我们没有这种科技的变化，人类的寿命不会像今天这么长，食品的供应不会像现在这么丰富，人口的数量不会像现在这么多，对世界的污染也不会像现在这么严重。而所有这一切，都曾在科幻中预言过。科幻让我们注意未来，憧憬未来，警惕未来，但到头来，我们就栽入了科幻作家预言过的未来。索耶是乐观的，但科幻作家中的"乌鸦嘴"也不少，把未来形容得悲观无比者也大有人在。你生活在科幻的世界中，是福是祸？

2019 年底，我在北京举办了一个活动，叫"人类文明的历史经验与未来梦想论坛"，这个论坛邀请世界各地的七个著名科幻作家和中国本土的七位著名科幻学者、编辑和作家进行对话。那一次加拿大来了罗伯特·索耶，美国来了詹姆斯·帕特里克·凯利，英国来了伊恩·麦克唐纳，以色列来了拉维·泰德哈尔，意大利来了弗朗西斯科·沃尔索和图里奥·阿沃莱多。我邀请这些人的标准基本一致——必须能在本土科幻领域占据重要地位，并且能在世界科幻领域中有影响力。对话非常精彩，在座的听众都受到鼓舞、触动、警示和激发。会后，我找到其中的弗朗西斯科·沃尔索，向他表示深深的感谢。是他的协助才让我们能找到这么多大师，解决了他们前往中国的各种困难，才让他们能把最优秀的思想跟中国的同行分享。

　　提起弗朗西斯科·沃尔索，我必须多说许多。如果说今天中国科幻在世界上取得这样的地位，跟刘宇昆这样生活在海外的华裔科幻作家的努力不无关系，那么也必须说，这也跟日本学者立原透耶、上原香，意大利作家沃尔索等人关系密切。他们也是不遗余力，不惜花费时间精力，用自己微薄的力量推动中国科幻走向世界的重要人物。

　　我第一次见到沃尔索，是在意大利留学生彩云的帮助下进行的。彩云在威尼斯大学学习中文，在研究中国科幻时发现了韩松。这个发现让她一直走下去，不但读完了硕士，还读到了博士。为了了解韩松的科幻创作状况，彩云对我进行过采访。后来，又让我认识了沃尔索。

任何人见到沃尔索，都会有一种如同见到老朋友的感觉。他开朗坦诚，不矫揉造作。虽然自己的作品在意大利和欧洲屡获科幻大奖，但他一点没有大奖得主的那种牛气劲儿。我们聊了许多事情。他说他听过彩云有关中国科幻的介绍，也看了一些翻译的作品，感觉像久别重逢，科幻的希望就在中国。此后，他安排我去意大利访问，带着我走访了罗马、威尼斯、都灵、那不勒斯四个城市，安排我跟当地的科幻作家和大学生交往，我们交流了许多，我也学到许多。我至今仍然记得他骑着摩托带着我冲到罗马大街奔向斗兽场的那个激动时刻，也记得他带着我看到那些仍然耸立的古罗马建筑遗址时的崇敬心情。在威尼斯街上请我吃饭的时候，我第一次见到沃尔索美丽的妻子，也是第一次听他讲，他跟她，两个完全不在一个语言体系和成长区域的人怎么通过 ICQ 相互结识，最终走到了一起并生下了宝贝女儿的故事。在沃尔索家里吃饭的时候，他拿出从中国带去的茶叶招待我，谈到许多事情的时候我感慨跟他们之间居然有那么多共通感。这几年沃尔索一直坚持在世界各国推广中国科幻。他用自己创作挣到的钱办了一个小出版社，这个出版社立志要打破英美大出版社的垄断，要把类似中国这样的具有科幻成长力的文化力量展现出来。几年来，他组织翻译出版了两本英文版世界科幻小说选、一本欧洲科幻小说选、一大堆意大利文的各国科幻小说、十本中国科幻小说选。不但如此，他还在网络平台上或线下举办关于中国的科幻讲座、研讨。他提出的"未来小说"的概念，正在向世界逐渐推广；他参与的"太阳朋克"的创作，也逐渐厘清了理念，发展起来。我感觉他是个超人，一个人能在做这么多事情的同时，保持创作量不减——五本长篇小说、一打短篇小说，所有这些成果着实是一件令人无法理解的事情。

放在您眼前的两本书，是从沃尔索最有代表性的作品中选择出来的。其中获得过2021年奥德赛奖和2013年意大利科幻奖的《继人类》讲述的是这样一个故事：未来，消费主义泛滥，垃圾过剩产生，自然资源严重匮乏，疾病丛生，社会管理制度也走向崩溃。此时，生物资源变得比其他资源都更加稀缺。主人公在童年时代爱上了一个继人类的女孩，但这个女孩被他哥哥和他们的黑帮杀害，主人公侥幸获得了被杀继人类女孩的躯体最重要的头部，并一直保留，想要找到其他部分并恢复她的全貌。故事中的继人类不是我们这种天生的人类，但他们具有仿生物的躯体和真人上传而来的意识。在作品中，继人类是人类的高级形态，但却没有被社会承认。于是，围绕两种不同等级的人类，小说展现出主人公的爱恨情仇。而获得过2015年乌拉尼亚奖的《猎血人》讲述的是在不太遥远的未来，由于人类的血液病很多，治疗的方法需要换血，但血液严重不足。于是，一种强制性的血税制度被建

4

立起来。故事的主人公就是所谓"血暴组"的成员，他们的目标是按照税法对拒不交税的人施用刑罚，强制抽血。我不想讲太多故事情节，免得读者在阅读过程中感到失望。但从这个基础的设定，已经可以看出其中的想象力和小说对社会问题介入的深度与广度。

两部作品都是典型的赛博朋克小说，都是关于后人类的主题。但因为历史发展的过程、故事的发生背景又跟我们当前的世界有所联系，我们明显能看出，故事中的世界就是我们世界的未来延续。在那样的世界里，电子游戏、意识上传、人造义肢、基因编辑等都是生活中的常态。由于我们所沿袭的这个世界缺乏管理，而我们自己正在对未来失去乐观心态，所以才走到那样的一步。我觉得沃尔索的小说不是以故事取胜的，更多的是通过叙事在讨论一系列有关我们正在进入的这个世界的严肃社会问题和道德问题。我们需要技术这么发达吗？在这样的状态下我们是否已经被囚禁？如果打破囚禁，我们所保有的那些品行中，什么是最重要的？至少在他的科幻小说中，我能看到爱、奉献、利他主义仍然被褒奖。但这点东西，是否足够我们应付未来，就看读者自己的感受了。

疫情之后，弗朗西斯科·沃尔索一直想着能再来中国。他目前担任重庆钓鱼城科幻中心的主任一职。跟其他担任名誉职务的国外作家学者不同，他与这个中心保持着非常密切的接触，应该说是真正把自己当成了中心的一个成员，而且是对未来发展有着义务和担当的成员。我们深圳南方科技大学科学与人类想象力研究中心也期待他再度来访。这一次，我要拿着两本新书找他签名。我相信，他也会为能有这么多中国读者阅读自己的作品感到高兴。

是为序。

◀ 中文版序 ▶

弗朗西斯科·沃尔索

你将要读到的，是一部非常特别的小说，不是因为内容——我自然希望你喜欢——而是因为它也许是第一部被翻译成中文出版的意大利科幻长篇。至少就我所知如此，如果不把伊塔洛·卡尔维诺的《宇宙奇趣全集》当作严格意义上的科幻小说的话，至少这是真的。而无论如何，《宇宙奇趣全集》以中文出版那也是很久以前的事了。

我要感谢博峰文化促成本书在中国出版，此前，此书在世界范围内整整环游了一圈。它从意大利这样的小国启程，先后获得了奥德赛奖（Odyssey Award）和意大利奖（Italy Award），2013 年以《惨白》（Livido）为原书名出版，后在 2015 年登陆澳大利亚，在一家名叫欧姆出版社（Xoum Publishing）的小出版社成书；接着又于 2018 年登陆美国，在顶峰出版社（Apex Books）出版。

这个小小的奇迹是许多不可思议的巧合和高明的团队共同运作的成果——请记住，这些年来，只有极小比例的科幻小说从非英语语种，翻译成中文。

一切始于 2017 年我第一次来中国参加第四届成都国际科幻大会，那次是应吴岩教授的邀请。去成都几周前，吴教授来到意大利，参加双语科幻选集《星云》（Nebula）的演讲旅行。《星云》由我的小出版公司"未来小说"（Future Fiction）出版，是意大利有史以来第一本双语中国科幻选集，选有刘慈欣、夏笳、陈楸帆的小说，当然还有吴岩教授的作品。我永远感谢吴岩教授，让我认识了这么多来自中国的朋友、作家和学者，他们现在是我生活和事业的一部分。

在第四届成都国际科幻大会期间，我认识了吴岩教授的助手张凡。从那一刻起，我们在一起度过了很长时间，一起参加不同的会议，谈论科幻小说、创意写作和科幻出版。他对我总是心怀友善，帮助和维护我，因为很遗憾，我到现在也一句中文都不会说。但更重要的是，他对我的小说非常好奇，在他读了《继人类》之后，我察觉他对我的态度整个都变了。

有一天，我们坐出租车去参加某个科幻会议，他从前面转过身说："你不仅是一位编辑，还是一位优秀的作家，可惜没人知道。你写得比我读过的大多数科幻作家都要好。"

呃……你真好，朋友！

也许这就是原因。之后他请我帮他创立和设计钓鱼城科幻中心的项目"未来小说工坊"。项目在中国最赛博朋克的城市重庆落地。

我与吴岩教授、严锋教授一起担任中心的荣誉主任——领导真正非同凡响的科幻创意写作工坊。

几个月后，张凡在微信朋友圈写了一篇关于《继人类》的精彩评论，立刻得到了丁诗颖的关注。当时她正准备创建自己的出版机构"暖夜工作室"，于是她问我能不能把小说代投给一些出版社。

时光匆匆，后来我也不再考虑这书了。作为一名作家，你必须习惯于被拒绝和拖延，有时你知道原因，有时你甚至接受并赞同结果，但大多数时候你就是不明白为什么。延宕了几个月，丁诗颖告诉我，博峰文化的赵先生不仅对《继人类》感兴趣，他还想出版我的第四部长篇《猎血人（Bloodbusters）》，它获得了 2015 年意大利最重要的科幻奖乌拉尼亚奖（Urania Award）。就这样，丁诗颖成为我在中国的文学经纪人！

虽然我不懂中文，但我确信张凡的翻译会很优秀，我很自豪他是我在中国的"文学代言人"。我想不出还有谁比他更适合翻译我的文字、思想和情节。

这本书会让你哭，让你笑，令你愤怒，令你厌恶，使你惊恐，使你疑惑和大笑。它是一个三十多岁的大男孩的心灵探险。他相信，如果你真正渴望，没有什么可以阻止你；如果你真正准备好放弃一切，为了你渴求的唯一，你终会得到它。某种程度上，这也是我人生故事的比喻。2008 年，当我拿到 IBM-联想公司的特别津贴，开始作为一个专业作家写作时，我从未想过会在中国出版小说。我读了几百本科幻小说，写了几千页，反反复复编辑我的稿子，希望提高自己，学习讲故事的技巧，主要是我没有文学背景，我没有学过文学，我也没有老师、导师或朋友可以帮助我，或者简单地为我指出在这条路上，我所可能犯下的错误和陷阱……而且，有很多浮华的出版社订立昂贵的合同，组织虚假的写作比赛，让你相信你是人人翘首以盼的作家。有骗子经纪人装模作样教你应该怎么写，好取悦市场。写作是真正的丛林，布满伪装和偏见，到处是傲慢和欺骗！当然，也有专业的小出版社，有专家学者、铁杆粉丝、乐于助人的译者、图像设计师和热情的读者。

总而言之，我花了 12 年的努力，以坚定不移的激情和固执到底的热爱，才达到了我追寻的目标……于是现在，你终能读到一部意大利科幻长篇，整个历程就像小说本身一样奇异。

写下上面文字的此刻，也就是 2020 年 5 月，我意识到，三年内，我一共来了六次中国。（张凡为此爱开玩笑，因为来中国这么频繁的科幻作家，以前只有伟大的罗伯特·J. 索耶！）不知道在这可怕的新冠病毒世界大流行之后，我什么时候还会再来。但我相信一定会的，一定会来参加科幻大会、会议和工作坊。

未来一定会与你重逢，那是我流连最久的地方。

请注意安全，继续热爱科幻。

2020 年 5 月 6 日于罗马

CONTENTS **目 录**

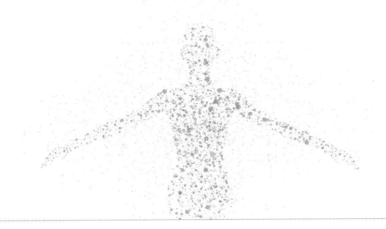

第一部

少年·2040 年

新真理的通常命运总以异端始，而以迷信终。

——托马斯·亨利·赫胥黎

第一章　北方的天空

我总在一些地方成天翻捡垃圾堆，卡萨尔山就是其中一地。我的手指如此疲倦，失去知觉，以致我不得不常常停下来休憩。现在，我潜进荒废的飞行员座椅，从外罩里抽出军用望远镜，调到 10 倍焦距——凝视她。

阿尔芭就在 200 米开外，在那名叫"北方的天空"的旅行社窗台底下工作。她完全没有察觉我在看她。她在为那些犹豫不决的旅客挑选空中邮轮，也为那些打算挽救关系的情侣挑选浪漫的行程。

我把焦距调到 13 倍，她象牙色闪光的指甲优雅地摩挲过手册。似乎不太可能啊，这浸染了她香馨的一页，有一天会出现在我沾满泥污的手中。

我太害羞了，不敢带着皱成一团的册子，走进"北方的天空"，给她看我计划里的行程——和她一起的。

她留在册页里的香馨，还没有被"基皮"① 磨灭殆尽。

有人在垃圾山下喊我。

"彼得！屁股动起来，不然今天别值班了。"

我们队伍的头子在山脚下叫唤我，我没理他。阿尔芭艳丽的红发系成马尾，她友善的面容能说服任何一位顾客去度假，而不是待在家里后悔。

"我叫你动起来！要是再让我叫你一次，你今天可以和工钱说再见了！"

没理会这威胁，我又凝视了她一阵子。一天的付出，才得微末的 1K②，比起凝视配戴银光闪闪的铭牌的阿尔芭，实在微不足道。

无论如何，今天的成果我还算满意。我的包里有半板未过期的蒙太克斯③ 药片和一些艾克瑞特烟草，可以卖给垃圾地的小贩。比黏在这垃圾堆里能挣更多钱。

折起望远镜收入包中，我从椅子里爬起来，一瘸一拐走上泥泞的小路，小路两旁是成堆的电视机和电脑外壳，连着残损的显示器和熏黑的电路板。小路的尽头烟雾茫茫，闪烁着诡绿和琥珀之光。

烟并不来自某堆篝火，而从远处的火光带腾起，几十个晦暗的

---

① 基皮（kipple），此单词第一次出现在菲利普·迪克的《仿生人能梦见电子羊吗？》一书中，指废土世界熵的增加所导致的垃圾生命体泛滥和对人类世界的侵袭以及大淹没。"基皮"是本书的核心科幻概念之一。此为译者注，以下注如无特别说明，均同。

② 1K，作者发明的货币单位，基皮的英文首字母。

③ 蒙太克斯（Mentax），一种补充维生素 B 的药品商标。

身影在辛辣的酸雾里，移动比画着，气喘吁吁。我们是卡萨尔山的垃圾转化工。有人赤手翻找，有人筛分，有人则将不能售卖之物付之一炬。拉沙常照顾火势，有时候诺伯特也会替班。小组里的其他孩子，则收集一捧捧五颜六色的电线带走。

空气里弥漫着化学品的恶臭，它们以后将以酸雨的形式从天而降，不是落在我们身上，就是落在北边卡利诺瓦人的身上。假如突文风①决定向他们那边吹……

T恤盖住脸，我走向拉沙。他像我一样是个孩子，但没我瘦弱，而且他喜欢火。他每天戴不同的头巾，喜欢解开一部分遮住口鼻。

拉沙放火烧了学校，我们都知道是他干的。他坚称是失手烧的，我相信他。拉沙会发电，足以把任何触碰他的人打倒在地，所以他才戴着手套。他来你家修理时，并不需要关上电闸。触一下活蹦乱跳的电线常常使他大笑。换了其他人都会被当场电死，他只觉得痒痒的。有一回，为了好玩，我和伙伴们想测量一下他指尖的电压，读数是八万伏。

靠近火，火焰令他有些恍惚。搅动着正在打理的两个火堆，他弯下腰，身影消失在浓烟弥漫的旋涡中。稍后他又抬起身，从燃烧的轮胎中抽出一卷铜丝，浸入水槽里冷却。休工时，拉沙就把废金属交给组长，组长则送到回收站。运气够好，就赚个1K。我把手搭

---

① 突文风（Tuwin），作者杜撰的风的名字，有四种，本小说中出现了两种。

在他肩头打招呼，他也一样。我们干这个，最好别张嘴打招呼。

我连工钱都没想拿，就沿着陡坡而下，朝阿克伦河附近的出口走去。也许我哥哥查理会有活儿要我干。他过去就做这活计。他说长久以来，大都会的人们都对垃圾"熟视无睹、漠不关心"，现在则全变了。今天，每个人都有自己该负责的"基皮"。

议会终于规定垃圾不能随意丢弃或出售，每个人都被迫竭尽全力回收和减少垃圾——要不，就生活在垃圾里吧！巨型自动垃圾箱UCU（"城市清洁单位"的简称）被创造出来，推广再消费主义的理念。

UCU 一来即清场，它们会转移任何看起来可转售的产品到储存地。它们喧闹的警报声是我们的宵禁；它们令人胆寒的钳口是我们的竞争者。这些年，每一代 UCU 都比前代更迅猛、更有效率。它们一来，我们就必须马上清场，否则就等着倒霉吧！

二手、三手、四手或更多手物品的价格，与留下来任其腐烂的废品的剩余价值相互竞争。不过，归根结底，从垃圾场里免费购物，抵得上一整天的低薪劳作。

每天清晨，走上琉璃街——它将我家直接连到卡萨尔垃圾山——我总会在"北方的天空"前停下来。我使出浑身解数，试图吸引阿尔芭的注视。到了夜晚，我已在臭气熏天的垃圾堆里挖了十个小时，浑身恶臭，我就尽我所能不被她瞧见，我会走一条岔道，避免从她门前路过。到日暮，垃圾场的恶臭已深深渗进衣服和皮肤，我仿佛是一只垃圾场的狐狸。

假若不是我还没她肩膀高，阿尔芭一定会注意到我。

我没对"死骨帮"里的那帮兄弟说起阿尔芭，免得他们亵渎。查理我也没告诉，他肯定会取笑我。他们不知道，当"北方的天空"里空荡荡时，我站在那儿，盯着窗前的招贴，梦想着梦幻之地，阿尔芭会走出来，跟我打招呼。

阿尔芭在橱窗里展示着摩尔寺的全息图，旁边是全包式度假套餐和特价折扣。店面的招牌光芒四射：

生物学不是终结，而是一种趋势。

芯片是我们真正的目的地。

阿尔芭永远在那里。她一个人工作，从黎明到夜落，从未停歇过。她拥有"北方的天空"，她喜爱这里。

离我不到一米时，阿尔芭弯下腰，在我的脸颊上印上一记响亮的吻。接着，她轻抚我的头，我不知该笑还是该哭。我分不清，这吻让我开心还是深深受到伤害。她让我觉得自己像个孩子。

我仰看她。不论谁处在我的位置，恐怕都祈愿她不要以貌取人。我知道她不会。

甚至有一次，我打了个隐匿的视频电话，用风帽遮住脸，用变音器改了声，阿尔芭也没有恼怒，没怪罪我的把戏。我想她认出了我。

她可爱到让我忘乎所以。

她像磁铁使我晕头转向。

日子以这样开始，在垃圾堆翻捡一天也就变得容易了。

我十五，她二十三。在命运对我使的所有残忍的花招里，要数这件最恶劣。少年的我，还会因为查理的恶作剧而受伤。他不会浪费时间跑来与我争执，也并不打碎我的希冀来逗乐自己；他唯一的目的，就是在阿尔芭面前取笑我。

在那阴郁的早晨，远处彤云密布，阿尔芭像往常一样抚弄我的头，我也如过去一样对此爱恨纠结时，查理从店铺后面钻出来，一把拉住我的手，仿佛我还是个孩子。

"彼得！告诉你多少次了，不要打搅别人工作。"

阿尔芭真以为查理体谅别人，她很难从查理的花招里发现些什么。

"别怪他。这年轻人每天早上都和我问安，和他交谈很愉快的。而且这时候也没什么顾客……"阿尔芭软糯的声音和她姣好的面容真是相得益彰。

查理对她笑了笑，假得像他先前的话："小姐，你真好心，不过我要去工作，他也得赶快去学校。"

不知我哥哥正打什么鬼主意，看样子执意要使我丢脸。学校一年前就关了，已被基皮吞噬，在那场"偶然的"、拉沙纵的大火之后。

用喷灯写着"撤离地带"的学校大门牢牢锁闭，格栅后面是废弃的操场，弥漫着死亡的气息。

阿尔芭粲然一笑，像往常一样抚平衣裳，星期二那彩虹色的制服总令我心情愉悦。她说："我不留你了，彼得，明天见。"

查理推搡着我离开，我几乎把头扭到身后来了，好看见阿尔芭坐回椅子里，双腿叠起。她举起手，朝我挥了挥。

查理押着我转过街角，然后双手压着我的肩，把我猛地向后推，直贴到墙上。

"忘了她。她是……"他不屑道。查理的脸贴着我，"忘了她，行不行？"

我不明白。

第二章　死骨帮

我从不喜欢跑步。也许是因为我的一条义肢与骨架的其他部分无法同步，又或是因为我骨头上的肌肉卷曲紧绷。不过需要跟上死骨帮时，我的速度总能超出预期。

在常速下，我的膝盖会吱吱作响，问题不大。不过，跑得快起来时，吱吱作响就会变得刺耳，巨大的噪音迫使查理重新考虑他的计划。

"彼得，等等，你不能来。"

"为啥？你说这次行的……"

"我明白，但你动静太大了。你会害我们全军覆没。"

这个月第三次了，全因为他们不肯选个慢点儿的猎物去追。

"回家等我。我很快就回来。这样比较好。"

上次他们捉了只宠物机器狗，雷恩区流行的蠢笨之物。我赶上它时，吉米已经把它的前腿夹住了。我像往常一样被甩在后面，不过看到了狗被打倒。这机器兽躺在地上呜呜地叫着，又竭力拖着自己朝我爬来。

查理心血来潮要我接受考验，命令我结果了它。当他的兄弟，真没有一点好处。我用那只好脚，结束了它的动作。

今晚，在卡萨尔山北部，奥丁瓦里路被忽视的尽头，我听到他们胜利的呼喊。死骨帮一定是将他们的猎物，逼到了绝路。

查理指着我们家的方向，擦擦脸上的汗水，转身跑过去加入围猎。只留我一人站在那里，独自一人。

我还没往回走，就听到一声可怜的惨叫和死骨帮成员们的欢呼。我转过身，不敢违抗查理：我是来自最底层的雏儿。我才刚挣得打捞者的地位，这还得感谢我那假肢，让我有可能挤进其他孩子挤不进的地方。我要胆敢违抗老大的命令，死骨帮都会给我一顿毒打——不管我是不是老大的兄弟。

但要是他们永远不会发现呢？

"救命啊！"

喊声让我停顿了一下，面前的墙壁上，我看见一块荧光涂鸦。一位摩尔艺术家把成千上万的放射性虫子粘在墙上，等它们分解后，就留下了闪光的格言：

　　尔所不消费之物，尽成基皮

我解开膝盖的安全夹，取下假肢，放进背包里。我开始用一条腿跳着走。速度很慢，但没有声音。

走了百米后，我在拐角处停下来喘口气，接着就见到一处偏僻的空地。空地的远处，是废弃的油漆厂维斯科尼亚，它的外墙现在只剩下瓦砾。

我取出掌仪，检视该区域的弹出信息。一位夜班药剂师正免费提供扫描任何可疑液体的业务，并以半价出售消毒液。马路对面的汽修店正在处理一批废旧轮胎。奥丁瓦里路 1445 号，好几栋公寓楼正等着修排水沟。

我切换到热成像，看到死骨帮成员身上亮起四团橙色的斑块。金属扫描显示，他们拿着刃镖、大刀、铁链和曲棍球棒。

合上掌仪，我看见他们把猎物围起来，将其逼到角落，四下里是成堆的废品和新垃圾。

在卡萨尔山倾倒垃圾基本上是被默许的罪行——UCU 很少来这里。一旦离开一手消费者的视野，这些机械兽就有可能被石块砸中、被子弹狙击，或者被人用自制燃烧弹焚毁然后扒干净。

我想找个更好的有利位置。我把义肢重新安上，托起自己攀上生锈的消防通道。站在三楼，我看得更清晰了，对围猎的想法也更清晰了：四对一，不是很公平。一些取乐的形式突破了一般消遣的边界；而这些额外的活动，助长了死骨帮成员们的恶习。

查理面向猎物，刃镖在手。霎时，他手臂向前一挥，刃镖旋舞。刃镖的星刃划破夜的空气，发出嘶嘶之声，没入受害者的肩膀。它划破皮肤后一顿，笔直地矗立：一小块金属体，嵌入一大张金属片中。塑料掀起的旋涡和飞舞的纸片使我难以看清现场。但当受害者倒在地上时，在月光的照耀下，我能分辨出那是位女子。她抬起头求饶："你们要干什么？住手，求求你……"

向死骨帮的人求情毫无用处。他们以暴力而臭名昭著，常常喝得酩酊大醉，醉到丧失理智的程度，好贯彻他们的破坏主义。

"查理，留给我，看那屁股。"其中一人说。"腰子"吉米·隆博受不了女性那里，会令他想起成熟的水果，这样的桃子让他要流口水了。

我了解吉米，他是个牲口。上次腊月节，我看到他咬下"奇努克"帮一个成员的鼻子，还撕扯下"狂击披头士"帮一个成员的一只耳朵，就因为他们在饮料摊前插了他的队。

当我们这里等级制不被尊重时，吉米就会发疯。"腰子"从小受到的教养，说得委婉点是"严厉"。在吉米才学爬的年纪，每当他母亲觉得有必要惩罚他，就把他关在屋子后面的狗笼里，用电栅栏围起来。他父亲性格更暴躁，用一条带钉子的皮带不断磨炼着吉米的性情。

查理戴着指节触感手套，增强了抓握力，他转身对着"腰子"，抬了根手指就阻止他。他绕着受害者走了一圈，她已经毫无抵抗力，躺在地上。她拖着躯体挣扎，无处可逃，试图躲进角落深处。

"请别伤害我。"她已猜到了下场。有些生命形式，即便在最好的社会阶层中也很难生存。每一种环境都有自己的掠夺者，每一个市场都有自己的再消费者。"我把身上的一切都给你。"

"少喷粪，你个垃圾，你无权提最后的要求。"查理说。

尽管如此，明知无可挽回，她还是做了最后一次尝试。"我在里佐马有朋友。相信我，我活着更有价值。"她呜咽着，眼中溢满泪水。睫毛膏从她的眼睛里流到了下巴。

"活着？你不是活的。"

查理对她嗤之以鼻。"腰子"吉米、"脆皮"兰尼和"黏液"米奇开始吟诵死骨帮的咒语："杀死基皮，杀死基皮，杀死基皮。"

突然的金属刮过金属的刮擦声，让我毛骨悚然。年轻的女人惊恐地嘶叫着。我捂住眼睛，只敢透过指缝观看。

查理加倍折磨起她来，他两腿站开，支撑自己。附近已亮起一些灯光，但没有人敢向外张望。在卡萨尔山区，人人都拉好窗帘过夜。

直到这时——那年轻的女人无力地扭动着身子，"脆皮"和"黏液"备好他们的铰链——我才认出她。我拿出军用望远镜，放大到15 倍。

他们的呼喊声越来越大："杀死基皮，杀死基皮，杀死基皮。"

他们正毁掉过去一年来，每天让我心跳加速的女孩！

我想对他们喊停，但我做不到。

我想跑开，减轻折磨，但我的肌肉并不听话。我保持着沉默，一动不动。一股力量攫取了我，不知那是恐惧死骨帮的报复，还是痛苦。

　　那帮人晃动着铁链围上去，铁链用胶皮包裹着消声，那声音很低沉，痛苦却不减。

　　"不，等等，"查理命令道，"我要亲自结果她。"

　　我看到他的唇角微微翘起。接着，阿尔芭的眼睑像蝴蝶的翅膀一样快速地翕动，最终合上。她短暂地呻吟，向世界做最后的诀别。

　　她涣散的眼睛缓缓发出最后一束光束，光升上天空，熄灭了。

　　我的喉咙被呜咽声堵住，双膝难以支撑，双手紧紧抓住窗台才站住。

　　哥哥眼里闪烁的光芒，还有他脸上胜利的嘲讽，我将永生难忘。我哥哥是个刽子手，和我有血海深仇。

　　血液从身体的各个部位涌上了我的脸，而我却无能为力。现在我明白了查理的警告，阿尔芭不是人类。

　　她为了克服生物性死亡，将自己迁移到人造身体里，虽则到最后，她也没活多久。

　　查理仿佛举行某种古老的仪式，吻了一下阿尔芭的头，把它放在地上。

　　"她是你的了。玩得开心点。"

他们的吟唱变成了放纵的呐喊。他们的狂热憋到现在，终于迸发出全部的力量。

"杀死基皮！杀死基皮！"

死骨帮的人向前猛冲，围住无头尸体，仿佛贪婪的鬣狗在一周的饥饿后大快朵颐。阿尔芭已成了碎片。

"好了，现在大家都快走。这骚货向卫星发射了警报信号。我们要赶快回垃圾地。"

帮会的每个成员按其邪恶的等级制度攫取猎物的一部分作为战利品——"脆皮"得到手臂，"黏液"得到躯干（包括乳房），"腰子"吉米拿到了腿（虽然他抱怨说他想要屁股），查理的战利品则是剩下的部分。

他们四散而去，只剩下我看着空荡荡的犯罪现场。到了天亮，大地会吞噬所有痕迹。

第三章　卡萨尔山

24 小时后，我还在想这事，一整天都没停过。我无法停止，无法原谅自己，我怀疑自己永远不能摆脱这般罪恶感。

有些经历会深埋肺腑。这 24 小时一直在我脑海里，仿佛永远折磨着我。我盼望找到某种方法来中和昨晚的兽行。

只因我什么也没做。

只因我没有介入。

只因我甚至没有试图阻止他们。我太害怕报复了。我是一个十五岁的懦夫。

作为一名打捞者，我明白不能相信基皮。我知道它肮脏、奸诈。我懂得这一点，因为我每天在无尽的土堆中筛选时都能看到它。我内心纠缠到死的疑问是：阿尔芭是基皮吗？

基皮常散发出的腐朽和敌意，在她身上我丝毫感觉不到。我毫不怀疑这一点，因为我是个基皮猎手，生活在这些废物之中，将物品从无用的诅咒中解脱出来。这就是为什么查理称她为基皮时，我无法忍受。我很清楚，他看错了阿尔芭。

她的眼神，她的动作，都绝非基皮。

她皮肤的质感，她嘴唇的触感，也不是。

她是继人类，毁掉她就是谋杀——虽然政府还不承认这一点，对她视而不见。

杀害上载被视同杀害人类。但现在，死骨帮不会因为谋杀而受到惩罚。这是对继人类的歧视，他们唯一的过错，便是选择离开自己的原生体，一去不回。

上个月，学术人工智能助手给我发来了一份决议，修改了"基因信息非歧视性一般准则"。该准则禁止以经济或优生为由调查人类基因组，也包括继人类。现在，继人类的操作系统也受法律保护——正如人类的 DNA 一样。

但这并不能改变继人类仍不被承认为"活人"的事实，他们无权享有基本的人权。他们被划分为 PVS（永久性植物态）。就法律而言，死骨帮并没有谋杀任何人，他们仅仅是拔掉了一个被技术激活的尸体的插头。不过对我而言，他们昨天的所作所为无法原宥。

这就是查理不带我去的原因，并非为了保护他弟弟，也不是因为我的残肢太聒噪，而只是为了没有目击者。

以前他常在大卖场或奇努克人那里偷窃取乐，和"狂击披头士"帮众打架，或者绑架源圣区那一片家庭里的电子宠物（那里的人都是技术狂人），现在他又开拓新疆域了。死骨帮对继人类有兴趣，但我没有。

我想了一天一夜，有件事始终想不明白：为什么阿尔芭不告诉我？她为何不让我知晓她是继人类？这样，我也许就能猜到查理要对她做什么。也许我可以警告她，也许我可以劝哥哥放弃计划，也许我可以阻止他……

但我在骗谁呢？那得要有胆量去做，而我也会像往常一样搞砸。我会被压垮。

我若去找警察，他们会取笑我。我和查理各置一词，他就会说我迷上了继人类，没有信誉可言。

总之，没尸体——无证据——警察才不会费心寻找散落的遗骸。再说，就算找到了，该还给谁？阿尔芭看起来还年轻，应该有个家，但我从来没见过谁像是她的家人，从没有人在店外等候她，没有人惦念她，除了我。

现在，死骨帮也许已经把她的各部分卖给了垃圾地，垃圾地则不知转手给了谁。

垃圾地的生意从来都很兴旺，那是大都会的渣滓聚集之地，靠着再消费主义兴旺发达。人们并不吝啬，愿意换取通过辛苦劳作和牺牲所获得的物品，这我可以证明。到处都是零碎物品，经多次转手的物品，其再利用的速度以指数级加快；信用已取代了任何一种支付方式，只要物品保持流通，以物易物也不稀奇。

这个过程的上游是垃圾地，终点是基皮。

我敢打赌，即使克莉奥——我妈——也会站查理那边。查理每次外出，都带回一些 K，他支付家庭账单。而且，你怎能告发亲哥哥？

心中一颤，我察觉自己也在生阿尔芭的气，气到我想把她留在基皮里烂掉。故意漏掉真相——比如你是继人类——和撒谎一样糟糕。这就和故意给别人留下错误的印象一样。

现在我知道为什么"北方的天空"二十四小时营业了。阿尔芭一定也必须时不时睡一觉，每次睡两三小时，但更多是出于怀旧的原因，而非真正需要。

我试着不去管它，我害怕回忆有毒，不想为一个死无葬身之地的继人类而痛苦，但我心如刀绞，总回忆起她灿灿的眼睛和苍白的嘴唇，想起她芳香的丝袜遮住的纤细的长腿。我若凝神，都能听到她轻脆的裙摆在微风中习习而振。我愿至少能和她告别，就像对待对你好的人该有的样子。

克莉奥不喜我夜里出门。不过等夜幕降临，我还是钻进了秘密走廊，那是地窖的导气管，经过母亲的卧室，通向屋外人行道上的格栅。

克莉奥白天一直忙得不可开交，打扫卫生，掸灰尘，没完没了地整理我们的物品，不过一旦她睡着，什么都无法吵醒她。我走近床边，她睁开眼——这是她无意识的条件反射，我见过很多次了。

我停下来，然后——仿佛这是世界上最自然的事情——我闭上了眼睛。这是查理教给我的老偷的伎俩：如果熟睡的人看你闭上眼睛，他也会闭上眼睛。我在她身上屡试不爽，她从未有丁点儿觉察。稍等片刻，我妈合上眼，再没睁开。

我比上次这样出去的时候长大了些，我用完好的那只手强力掀开栅栏。

我抬头看了看贫血的天空，星光黯淡。星辰消失很久了。从我记事起，即使在最晴朗的夜晚，也只见过变形的月亮和月亮下那缕金星的微芒。与其说是星光，不如说是橘黄色的磷光笼罩着天穹。

从夜雾浓障中走出，沿着阿克伦河，能听见汽车的马达声和轮胎刺耳的摩擦声。

我将自己沉入夜色里，简直要昏昏入睡，我几乎在梦游。沿着这条河的弯道，有一架巨大的广告装置，播放着最新的游戏球模型——仿真 8。

　　即使一个人在家
　　你的世界也不孤独

我想，你在游戏球里和别人玩，别人也在自己的游戏球里和你玩，这的确有点儿奇怪。我是经常玩的。

顺着阿克伦河走，要花二十分钟才能抵达目的地。河里没有鱼，全是显示器的框架、电脑外壳，还有电路板。河水和我的习惯倒也相同：一边流走，一边收集所有碎片。

没时间去河里碰运气了。我转身走进几乎荒废的琉璃街。流浪狗三三两两地逡巡，它们相互咆哮，刨抓丢弃的塑料袋，啃啮包装带，跃入那些照管它们的人打开的垃圾箱。当天剩下的任何能吃的东西，都不会留到天亮。

我往卡萨尔山上走，寻思着阿尔芭头颅可能的落脚点。我在脑海中回放那一幕。我很快估算到，自己距离山顶大概有四十米，坡度三十多度。阿尔芭痛苦的尖叫声回荡在脑海，更坚定了我的决心。我要在这深夜挑战险峻的地形。

我找出确切地点，在掌仪上标记下。

卡萨尔山山体宏大，由本地的基皮流塑而成。大部分垃圾由周边地带居民窗户里扔出，或者从屋顶用土炮发射过来。基皮堆叠愈见黏稠，越来越难筛选和清理。远处，维斯科尼亚的轮廓没有破坏风景，更没有像我四周的垃圾一样不堪。我爬上山脊，每走一步，脚踝都深深陷进垃圾堆里。

我手脚并用，在腐烂的物质和未压缩的基皮组成的发霉金字塔上艰难地爬行。胃里传来阵阵痛楚，警告我需要立即撤离，我体内的胆汁有些不正常了。

我一瘸一拐，有些害怕，怕自己被这块无定形的混沌吸收。我加快速度，把大部分重量放在塑料腿上，这条腿比有血肉的那条腿更结实、更坚韧，膝盖上的金属关节在压力下嘈杂作响。

到了山顶——一片起伏的海绵状高原——我停下来喘口气。我四下张望：摇摇欲坠的废墟，带着烟尘和垃圾印记的癌变结构，一片连颜色皆死亡的土地。我看到了人类居住地的痂壳和轮廓，那些居民点是这一片荒芜的地平线的罪魁祸首。

在这八月的夜晚，腐烂的堆积让我联想到狠毒的火山——山峰有时嘶嘶作响，有时翻滚着，有时喷出阵阵甲烷，我总能闻到它的味道。不要以为我现在已习惯了这味道，等我年纪再大些，我发誓要把鼻子里的感受器摘掉，再不用闻到臭味。

我用掌仪扫描周围区域，一连串的促销信息在显示屏上跳跃。"生活发廊"给我发来了"不可思议"的理发折扣；克莱坊熟食店要我尝尝"维命佳诺"——最新款融化了蠕虫的奶酪；琉璃街的邮局通知我，我们佩恩家——克莉奥、查理和我，已累积了2030K的债务。我在屏幕上焦躁地把数据划走。

我低头查看正在分解的地形，寻找RFID标签——所有物体都带有这种标签。这些标签显示：脚边那些四角形的包装物，已经过期八十年了；附近被腐蚀的牙刷由缅甸的工厂生产；那堆一次性剃须刀用了六次后就不成型了；一包卫生巾上沾满了不含雌激素的月经血；那些尿片在世上将停留一千年，远比它承载的东西更久；大多数钢笔墨水仍半满；那些灯泡使用整整一千小时后会爆掉；开尼亚托盘并不像它们标签上声称的可降解；一捧碎裂的玻璃杯老得连标签都没有了；最后，还有大量的铁、铜、陶瓷餐具、塑料和聚苯乙烯包装，这些物品在它们的年代彰显着主人的财富。

最终，一切都变成了基皮。废弃的电子装备、潮湿的床垫、破开的轮胎、过期的药物，人们曾用这些来区分自己和他人，现在它们为垃圾堆层层加码，在人们死后泄露着讯息。

一股恶臭扑鼻而来。我的身下，一些无法辨认的物质正呼出最后的气息。我把脚从黑乎乎的脏东西的表面移开时，那些曾是肉体的碎屑脱落，几缕鲜艳的红发粘在我的鞋底上，我轻轻摘下来，紧紧地攥在手心里。她一定在附近。

垃圾下面不知埋着多少骸骨。

筋疲力尽地爬过后，我对这地方的构成有了更深刻的认识。我是翻捡者，习惯了要耐心，尽管从我的胃里传来的声音意味着如果还不终止我可能就有麻烦了。和很多人一样，我也喝大都会的原汤，会沦为满含细菌的污水的牺牲品。

我的气力用完了，摔倒在垃圾堆上，这提醒我得把身体里每日上载的菌体排出体外。残肢和假腿摩擦太多，都发热了。

我仰头靠着垃圾堆里伸出来的瘪气轮胎，在坑里躺好，裤子褪至膝盖，放气。胃里一阵痉挛，又来第二轮，再来第三轮。

吸气，呼气。

整理好自己，继续往上。没过多久，在基皮包围中，我睡着了，心中浮现出阿尔芭的身影，手里还握着她的发丝。

我做了个梦。我梦见，鲜花覆盖的山坡上，显出阿尔芭的身影。我梦见了绝对的虚空，梦见无色无味的空间，与现在迥异。

又不知过了多少时间，当我醒来，夜已经过去，阳光在屋宇间升起。

我宝贵的发现安然待在我手里，等我站起身，在四下里的基皮中，又看见阿尔芭更多的火红色头发，它们在污秽的环境中闪闪发亮。没人派机器人来标记此区域，也从没人在垃圾堆的地下分层里搜寻过宝藏。

我得抓紧了。一颗继人类的头颅很宝贵，不管查理怎么想，对我来说，那是无价之宝。

我小心翼翼地钻进垃圾堆，清理出一双眼睛：绿色的眼睛，仍睁得大大的；接着是皮肤、优雅的颧骨、小巧的下巴和挺翘的鼻子。我因单纯的喜悦而失去了平衡。阿尔芭在我手底下重生。

是她……至少，是留下的她。

我触摸她的耳垂，脸颊红了起来。我用拇指摩挲她的眉，脊背一阵战栗。我轻触她唇，她不可能是基皮，不可能。

她没有神采地凝视着我，表情平和，无羞无臊。她微张的双唇暗示着某种宁静，此前我从未看过。难道此刻，她也能感知到什么吗？

我轻柔地将开她脸上的发丝，前倾。她什么也没说，随我。

我从未抚摸过女人的面庞。此前，我甚至没胆量尝试。学校里那些女孩，要是我敢这么看她们一眼，就会给我一巴掌。

这温存的片刻被打断了，我甩开暂停时间的魔咒，附近有东西在移动：一个鬼鬼祟祟的翻捡者，像我一样四处游荡。一道光束左摇右指，几乎直指向我们。

是另一位打捞者吗？还是守夜人？抑或只是好奇的邻居？

我躺下，与基皮融为一体，身体消失了，与垃圾融为一体。温暖热情的基皮……

光在前进，我装死，模拟基皮以对抗基皮，只微微睁开一只眼睛，看着地平线上的银边。

我把阿尔芭的头颅埋在我胸前，把她藏起来，保护她。我的心跳加速。若被人发现了，他们会怎么想？

阿尔芭的命运现在和我捆绑在一起了：一个身体，两颗头颅。

那身影走近了，似乎一瘸一拐。也许他用了和我一样的假肢，除了助他保持平衡，没什么大用。他也许是流浪汉，空气并没给我带来他是活人的线索，全是那些被环境同化的人的寻常气味。

他离我五米远时停了下来，弯下腰，挖出一件什物。他把它翻转过来，我瞥了一眼，它在垃圾场里的时间已将它熏得鳌黑。那人摇了摇，对其中的液体颇为满意，转身向来时的方向走去。

我松了口气。他获得了他的报偿，而我也得偿心愿。我胸前紧紧抱着阿尔芭，数到六十秒，然后跌跌撞撞地飞快跑下山，最终在垃圾堆旁停住。

我和阿尔芭倒在一边，我小心翼翼地把她抱在怀中，怕失手弄丢了她。我把她举到面前，尽管她被恶臭熏了一晚，气味依旧好闻。

　　把她搂在胳膊下，我凯旋般走到街上，像个赢了一场比赛的足球运动员，昂首挺胸。

　　过了一阵，不能与人分享这次冒险的细节令我有些难过。我的无畏应当得到死骨帮的认可，或者至少应当得到打捞工小伙伴们的赞美。拉沙、诺伯特、杜根和庞戈，我总和他们分享所有宝藏。接着我意识到，说到底，我做的一切，都是为了找寻一个人头，这不是什么令人激赏的事情。还是低调些好。

　　阿尔芭的脸憔悴苍白，不过没有恐惧。很好——表示她会是属于我的女孩。

　　"嗨，阿尔芭。我是来救你的。"

　　她没有回答。她定是有些不知所措了。

　　"我是彼得，还记得我吗？彼得·佩恩，就是每天跟你打招呼的那个。这次跟我走怎么样？"

　　她什么也没说。我才意识到：她不知道该去哪里。或者，她是羞于再无自己的家可回。没了身体的头，可没有地方挑挑拣拣。

　　"我带你去我的地盘。虽不好，但能保证安全。"

　　从昨天起，她就没吃过饭。毫无血色的嘴唇上有垂直的裂纹，让她看起来很是妖娆。

"我一会儿给你找点吃的，先回家再说。"

我们正要拐进琉璃街时，一道手电筒的亮光停在我脸上。"谁？在这里做什么？"一个粗犷的声音问。

妈的，是那流浪汉……他是在"螳螂捕蝉"，还是凑巧遇见？

"我吗？没什么，到处逛逛。我现在就走……"我连忙答道，有点慌，继续往前走。他跟上来。一个瘸子跟着另一个瘸子。他左右晃来晃去，我则拖着瘸腿往前走。

"你找到了，是吧？在我之前找到了？"他低头看着阿尔芭的头。

"找到什么？"

"找到了头。我看到它落地了，在山上。"

看起来他不会动武。他浓密的胡须令人有些许敬意，并使人觉得他是个只顾生活的可怜虫。不过，我还是把阿尔芭藏在暗处，谨慎起见。

"是我哥的。他让我给他送去。"他点点头，明显不信。更糟的是，他想跟我一起去。

"有理智的人不会把头留在家里，不吉利的。"

我用鼻子吸气，扩张的毛细血管涨红了脸色，这情形总在最糟糕时发生："我哥可不迷信，他是死骨帮的头子。"

"我懂了。我知道发生了啥情况，我打赌你没说实话。"

我停下来，看他摇摇晃晃，他想把她从我身边抢走吗？他想据为己有吗？

我眨了眨眼，舔了舔嘴唇，我什么也做不了。

"是我先找到的。我哥说我可以留着它。"

他满是皱纹的脸扭曲出嘲弄但柔和的微笑。他的牙齿吓到我了：四颗钟乳石、四颗石笋，都和他一样古老。

"孩子，别慌。我不要女人的头。我老了，这东西对我来说不算什么。但我可还看得见，是继人类，对吧？"

我左手攥成拳头，准备出击，我的塑料手从衬衫里取出头颅。他的坦白并没使我宽心；另一方面，他的年龄令我觉得，如果有必要，我可以对付他。

光线打在她脸上，阿尔芭看起来没有刚才那么清纯了。她让我想起了游戏球里的女演员糖果坎蒂丝或者炸弹女郎罗娜——妖姬们的嘴唇总适度张开，万分诱惑。

这有些过度的特征对她来说有些不宜，她一定是在重生时自己选择的。被上传的好处之一，就是可以活在更好的皮囊里，可更新、完善。不过之于阿尔芭，似乎有些不对劲。我在她身上体会到的优雅和恬静，并没有在她选择的这张脸上展现。如若没有浓妆艳抹，没有假睫毛，没有假发，没有美白过的牙齿，她也就是邻家女孩。

流浪汉走近了："小心点，孩子。难以抗拒梦想，无法抵挡欲望。"

"你什么意思？她现在是我的了。我得到了她。"

他停下来，关掉电筒。我们身后，闪烁的浅紫色阳光照亮了垃圾场的轮廓。晨曦中，我认出了流浪汉的制服。每隔一段时间，他们就会来一个官员雇我们这些打捞者，进行紧急的挖掘和回收工作。他穿的是逆转公司的工装，隶属大都会最大的回收公司，但也脏兮兮的，沾满了基皮的污渍。

"你是逆转公司的？"

他僵了下，仿佛我的话有些粗鲁。他低头看了看制服上的标志，叹了口气。"这经过我不想说……我以前是逆转公司的，现在住这里。"我不需要听他的故事，他的状态表明得很清楚了。

"你也发现了物品，"我说，"那黑东西是什么？"

"是过滤器……已经找了好几个月了。我的发明需要这东西……阿奎桑①原型。"

"啥？"

"别问了，拜托。跟你解释也没用。回家去吧，孩子。天快亮了，有人可能会看到衬衫下面的头。"

没错，我得在克莉奥发现我离家之前回去。

"我叫彼得。"我说。

他伸出脏兮兮的手："好的，彼得。我叫艾恩。"

我把她收起来之前，看着我的女孩，她在对我笑呢，这是一个永生难忘的日子，一个弥补了从前和未来的一切日子的一天。脑海里是艾恩的话：难以抗拒梦想，无法抵挡欲望。

---

① 阿奎桑（AquaSan），小说中出现的一种纳米级高过滤净水器，后文还会出现。

第四章　游戏球逃跑主义

　　我半睡半醒躺在床上，想象着死骨帮四处吹嘘，夸耀他们不可思议的狩猎，把那些猎物吊死在垃圾场外昭告天下。我想象得出查理挥舞着继人类的某部位，吸引帮众的注意，"黏液"米奇展览着躯干招徕顾客，笑容扭曲，鼻子上挂着惯常的鼻涕。

　　在我脑海中，我还看到"脆皮"兰尼用手与胳膊表演着猥亵的哑剧，那手曾在"北方的天空"门外抚摸过我的头。还有"腰子"吉米，在歌唱赞美一双继人类的大腿——事实上他对此一无所知。他们一定都在垃圾地欣喜若狂。也许有人拿了那些碎片投掷路过的鸟群或流浪的小狗。而力士多店则因此不得不降价，阻止顾客外流。

　　整件事上，付出最高代价的，是我和阿尔芭。

　　两小时躁热的睡眠，不会让人醒来时感到欣喜。我安慰自己，阿尔芭在被子里暖洋洋的。克莉奥一定无法发现她；一定不能让克莉奥找到她，否则她一旦发现就会告诉查理的。她告诉查理不是出于恶意，只是因为她觉得查理是我的好榜样应该得知。

我把阿尔芭藏在衣柜里，那里就算克莉奥有狂热的洁癖也打扫不到，是我家唯一安全的地方。我并不觉得把衣柜的钥匙带在身边，就足以保证她的安全，不受入侵者侵扰，但知道阿尔芭隐匿起来，我心里的压力就减轻了不少。

"彼得！吃早饭！快来，很晚了。"

我只好掐一把脸颊，不让自己倒头就睡。

"来了，穿衣服呢！"

我洗了把脸——盆里的水是从夜里的湿气中抽取而出的，又把挂在椅背上的什么物什一把拿过来穿上。

等我来到厨房，克莉奥看着我，像所有日子一样，对我评头品足。

"这件宽运动衫让你看起来更瘦了。你太瘦了，几乎不敢相信你是我的儿子。"

手插在口袋里，我没回答就走进客厅。克莉奥跟着我，手中拿着盘子——香肠煎双蛋。

"对不起，我不是故意的……来吧，亲爱的，都吃了吧！我得出去了。回头见，好吗？"

我知道她爱我，即使她不常表现出来。

"那好吧，回头见。"

我妈真应该多多关心自己，而不要影射我的健康。她现在身体不太好。高血压，血液循环不良，有心脏病发作的危险。估计她把我当作摆脱紧张情绪的方式。在她看来，如果她把我养好了，我就能在这世上活下去，我就不会觉得有必要去冒险，进而我就不会离开她了。

查理就不一样，她对他可省心了。

我给自己泡了茶。就在我想也许可以开始安安静静吃早餐时，大厅里传来哥哥的脚步声。两天前凯旋的讥嘲变成了傲慢的微笑，他拍拍我的背，把我手中的茶匙打掉了。

"早啊，排骨精。睡得好吗？你脸色很难看……"

我从地上捡起勺子，没理他。我对他的恨意已达到极度危险的水平。我竭力克制，不让他感受到这种敌意，否则只会让他好奇原因——但我内心怒火涌动，我的沉默出卖了我。

"呵呵，你不会还在为那天晚上的事生气吧？你还是个瘦小子，不需要看到那种事情。再给你几年时间，你就可以不再做那种愚蠢的垃圾打捞工，成为真正的帮派成员。"

他笑了。他的话里有一语双关吗？他那黑帮头目式的谈话和那霸道的语气让我非常迷惑。但是我想豁出去的倾向，总是使我忽略了他的暗示。

"我确实看到了那天晚上你的所作所为。"我说，试探我能把他逼到什么程度。

他隔着桌子，对我怒目而视。

"哦，是吗？那天晚上你看到了什么？"

蜷缩在椅子上，我不敢抬头。我像野兔一样害怕，我怕还没来得及说出指控，他就会对我下手。

"你谋杀了阿尔芭。"

我那只正常的腿刺痛非常。我面色铁青，一道惨白侵上脸庞，我浑身散发出一种别样的气息。这些微妙的变化，查理懒得理会。

他没有回答我的指控，反而倒打一耙："你也违反了命令。你没想过吧？想过吗？"

我从来都不知道和我说话的人何时是查理，何时是死骨帮的首领。以前，我从未真正需要和他较量，一想到要和查理正面交锋就会让我感到恐惧，而挑战就在眼前。我不是因为他杀了阿尔芭而发牢骚，我不是抱怨他残忍，我是在指控罪行，而他转移了攻击方向。回避我的问题，意味着他隐隐地承认了自己的罪行。

突然，他把椅子往后一推，嚷道："听着，排骨精，喜欢你正在吃的食物吗？"

香肠填满了我的嘴。老问题了，我觉得没必要再回答了。

"你塞进嘴里的食物，都是我掏钱买的。你觉得钱从哪里来？"

我沉默。无视更激怒了他，令他丧失了稳重。他绕桌走了一圈，把一张椅子拖来拽去，一条腿砸到椅子上，带着嘲讽的虚张声势。

"我叫你忘了她。你忘了我说的话了吗？那天晚上的那东西不是女人。"

我仰起下巴看着他。我两个眼眶里怒火熊熊，布满睡眠不足产生的淤青。

"不对！她不是基皮！"

我要为此而战，然而我的恐惧胜过了激情。我紧紧闭上眼睛，准备迎接即将到来的打击。但查理却让我大吃一惊，他似乎被我出乎意料的狂热逗乐了。

"你这个厚脸皮的小混蛋，你也在旁观？"

我不喜欢他戏谑的语气，在椅子上蜷得更紧了。他还是没打我，却在厨房里来回踱步。

"那好，排骨精。你真想知道事情的来龙去脉？我乐意跟你讲，但听了后别来找我哭。我尽力保护你了。听好了，准备好了吗？我不管你看到的是什么，也不管你以为是什么样子，我不在乎她对你好不好。她不是人类，她不是活人，所以没必要大惊小怪。"

他双拳紧握，仿佛在重温那段在我脑海中铭刻的情节。

"如果你在那里偷窥，一定看到了没溅出一滴血。当我割下她的头，也没任何骨头扭断。死骨帮的成员切开的是电缆，而不是动脉；他们打破的是焊缝，而不是肌肉。你是看到了的，对吧？"

冒着被当成傻子的风险，我天真地脱口而出："她的灵魂是人类。"

查理惊愕地看着我。

"她的灵魂？好吧，听听一大早你这满脑子塞的理论……你这是胡言乱语，排骨精。继人类就像记忆棒上女人的声音一样，记忆棒坏了，算什么大不了的悲剧？再买一个就是了，那可不是人。"

这就是他的版本，记忆棒上的录音？我冲动得想哭。就算阿尔芭只是录音，那也是奇迹，就像过去上传的那些版本能修复一样，有一天她还会重新出现。

我的下唇在颤抖。把最后一口香肠塞进嘴里时，我那只完好的手也在颤抖。我猛地起身，茶水洒在身前。

阿尔芭像烛火：她燃烧，照亮了我的生命。我对她的记忆如烛蜡一般，为火焰而生。如果有人记得，怎能说一件事已不存在？

对有些人来说，人由不同的部分组成：一双漂亮的腿、一个好大脑、两只实在的手。对有些人而言，人是看不见的整体，每一个细节都映射出全部。

对我而言，阿尔芭的头颅就是阿尔芭。

眼睛在泪水中游走，我冲进自己房间，瞥了一眼身后，查理没有跟来。

像往常一样，他赢得了争论，他扬扬得意于自己卢德式 ① 的幸灾乐祸。我希望有朝一日，那大都会的原汤能替我报仇，我祝愿他的内脏扭曲，就像任何生物体被细菌攻击时一样。我祝愿他在马桶上度过一周、一月，蜷缩在马桶上，乞求腹泻停止……还有痔疮让他跳脚。

我打开衣柜确认阿尔芭没事，让自己放心。阴影中，那张洋溢着甜美的脸，令我安心。接着我听到他来了，一步一步走过来。他

---

① 卢德式：1811 年到 1816 年英国骚乱，卢德派工人捣毁节省劳动力的纺织机器，后用来代指反对技术或工艺变化的人。

鄙夷的声音吐出家长式的陈词滥调，仿佛他是故去的老爸。

"得了，彼得，别像个婴儿。我们需要钱，那东西可值很多 K。"

是那神奇的词：K！对他来说，阿尔芭只是值一大笔钱的"技术上的玩意儿"。

他要是找到阿尔芭，我就完了。在家里藏着头，比打碎一面镜子、剪刀掉落扎进地里、杀死一只信天翁、半夜鸡叫，统统都更难以忍受。

我及时关上衣柜的门，跳进了游戏球。他从门口靠进来，一副几乎为我的沮丧而怒其不争的模样，仿佛我是没骨气的废物，一个只会在垃圾堆里精疲力竭、最终被 UCU 肢解的浑小子。

游戏球启动了，磁力架开始旋转。我的仿真 2 是拼成的，用分别从卡利诺瓦和沃里沙姆打捞出来的零件拼补而成，它是我最好的消遣。

按下按钮，另一个世界的景象袭来。我想消失，溶解在像素的旋涡中。

我在种属森林的迷雾中设置了一条冒险路线。

泪水随着我的加速滑下脸庞，直到我的假肢连接肉体的地方传来一阵阵剧痛。怮！怮！怮……

我在一望无际的大树间迷失了自己，沿着小路狂奔，不知跑向何处。

心和腿，分不清哪个更痛。

查理放弃了，冷哼一声，不以为意地离开了。他不可能明白，阿尔芭是我唯一的财富。

第二部

青年·2045 年

有欲望而无行动，等于把婴儿扼杀在摇篮中。

——威廉·布莱克

第五章　寻觅

魔怔要很久才能消散。有一点可以肯定：我从未于执念中苏醒。已经过去五年了。

是否因为我的病态，柜子里的阿尔芭才报我以无限的温柔？她令我精神游走在正常的边缘，度过了无数痛苦无眠的夜晚。只有打开衣柜，我才能心平气和。她温和、略为倨傲的目光，仿佛知道我所想，但也对我束手无策。有些人把周围搅得翻天，有些人恰恰相反。柜子里的阿尔芭伴随我五年了。是她，令我既安慰又气馁。她就是未来，而绝非我的附属品。她的魔力远远超越我所隶属的人类极限。

卡萨尔山的小伙伴们，拉沙、诺伯特、杜根和庞戈，一天要沉迷游戏球三四次，我没有——不是没尝试过，只是都无用，完全无用。我的肉体会回应，但这种刺激对其毫无作用。我终于明白，我的肉身不能消渴。我宁愿把脸埋在我新仿真4的柔软里，做一整天白日梦，幻想逃脱现在的处境。

刚才，我醒了，有些不知所措，因为藏阿尔芭的柜门虚掩着。阿尔芭自己动了？不可能。我已经把她从那人偶身上取下来，安全地收进柜中。还是我忘了关好门，有人在我没觉察的时候进了房间？

我妈在楼下喊我。

"彼得，你还赖床？来吃早饭，要来不及了。"

克莉奥还活着。健康虽日渐恶化，但她还在试着工作。一种怪病让她永远疲累不堪，一样东西只要重量超过视仪或厨房里的锅碗瓢盆，她就举不起来。她不得不从逆转公司餐厅厨子的工作上辞职。不过，经过培训以后人力资源部为她安排了问询台的工作（公司太小，用不起自动的）。她接受了，因为能在家里远程工作。外出对她的健康不太好，微尘和灰烬会加重她的病情，会让她冒生命危险。

"来了……"真讨厌被强行弄醒。

"快起来，要不你就迟到了。"

过往五年，我不得不把自己的生活打理得井井有条。

我试过虚拟函授学校，拿到一些毫无用处的学分，这完全是浪费时间，对找工作无用，连挣一点信用让我使用维基镜的数据都不行。于是我又回到了老样子：过着捡垃圾的生活。

基皮的持续增长，使得逆转公司生意更好做了。它又雇用了数千名打捞工，我有了官方头衔，负责筛查片区和仓地。我靠着从别人家打捞或收集到的垃圾来维持生计，有三年了。

一天，我翻找垃圾时，偶然发现了精品：一只机械手臂，上面还连着只手，一定来自某个富裕的继人类。谁也猜不到它如何流落到卡利诺瓦。这防水的钽4还有我向艾恩买的那刨爪①——我的另一只义肢——改变了我的生活。与毁掉我悲惨童年的旧塑料和金属片相比，这对假肢简直是奇迹。是艾恩把它们移植到我身上的，只有他和我，知道我为此遭了多少罪。

大都会的某些地带条件优于其他地方，这取决于养活当地的基皮。像源圣区、里佐马或艾斯帕拉这些继人类居住的地方，更容易找到优良的废弃科技部件。垃圾里甚至隐藏着近乎全新或全新之物，它们静静裹在原封里，还有说明书和质保书。另一方面，如果你在维米伦或卡利诺瓦的贫民窟等地闲逛，就只能对付真正的垃圾。人们会准确地（有时令人绝望）评估剩余价值之后，才扔掉物品。

UCU也是我最讨厌的东西，仅次于基皮。现在我很容易跳进那些移动怪物里了，进去之后，倒很容易得到些物有所值的物件。问题是，再出来就没那么容易了。我可不想考虑这些，我几乎从不闯祸，风险太大了。

---

① 刨爪，金属制成的义肢；此段中的"钽4"则制成了金属手臂，类似于人体增强金属器官，在全文中多次出现。

"你是要让我进来叫你吗？"克莉奥在门外威胁道。

"我正穿衣服。"我吼回去。

我从游戏球里伸出头来，正看到克莉奥在门边。她看我床上没有睡过的痕迹，眉头就皱了起来。我被子的一角也从游戏球里垂下来。

"彼得？"

我妈把头伸进门内，里里外外看了个遍。我这才意识到自己没穿好衣服，还摆弄着一个裸体模型。她不喜欢我睡在游戏球里，只见她目光从我身上掠过，定格在作为衣架的裸体模型上。我关掉仿真，匆忙穿衣。我当然了解这很可疑，那奇怪的热情近似愚蠢，但对我而言，这是达到目标的唯一方式。这目标比一切都更有意义，它就是：爱。

"都跟你说了，我在穿衣服。"

"是女的？"

"什么？"

"人偶……是女孩？"

我要说是，我妈肯定以为我疯了，至少也会以为我是个恋物癖者。而否认这些证据看起来会更奇怪。我和女孩子交往不多，从没交过女朋友。最亲密的女性是纪子——常和我一起打多人游戏的伙伴，但我从没见过她。

"嗯，是个女孩，"我说，"咋啦？"

"哈，没啥，当然没啥。随便问问。"

她脸上布满笑容，笑成了一条深沟。要是我负担得起上载费用，我一定把机会第一个给我妈。"妈，能出去下吗？"二十岁了，在自己老妈面前穿衣，有点丢脸。

"哦，抱歉，我去厨房。"

等听到她的脚步走远，我打开秘密的柜门，从一大堆凌乱的衣衫里捡出头颅，摆在人偶身上。我凝视阿尔芭，她仿佛站在我身前，即使是个拼接的化身也令人欣喜。我不否认，我想要阿尔芭。我要的不是其他继人类，甚至也非她原来的宿主。我想，她的原宿主，应当已经重生到别的躯体当中了。

当我看着她，我看到的不是粗糙的无机物，不是用天知道什么模型规则组装而成的原子。相反，我喜欢她人造体中能量的洁净。我看到的是被赋予光明未来的造物。我看到时间静止，律令终结，造化与人工合为一体，难以置信，令我困惑无力。

"早安，阿尔芭。克莉奥的事很抱歉。她老了，有些事，她不明白的。"

作为垃圾打捞工，我能自由进入逆转公司八十六个垃圾存放点，其中的垃圾占到了大都会全部垃圾的三分之二。年复一年，我以耐心和狂热，打捞出刚被丢弃的生物化学部件。我找到废旧的肢体、合成皮肤、硅关节和其他一切用以制造身体的材料。不是死骨帮卖给垃圾地的那具身体，而是另一具，由我双手制造的，由我对她的记忆指引。

"昨晚我们在度假，就我们俩。你选择的行程，乘船去伯利兹城环岛游，但临时决定去我的部门远足。"

我不常这么开心。我打开游戏球，带着阿尔芭一起进入。

"我想我们还能去巴顿溪的洞穴 ①……林间沙沙作响，奇珍异果飘香，天鹅绒般的光线照在我们的皮肤上，仿佛高解析度的天堂。

"即兴游览是了解陌生地方的最佳方式，"我说，"你应该避开汹涌的人潮，避开旅游陷阱，避开导游书上的目的地。这才是旅行的唯一方式。这是你教我的道理，记得吗？"

我们四周一片蔚蓝。远处的地平线上海浪在嬉戏，然后仿佛继续向上，蒸腾为云层。

"总有一天，我们要梦想成真，成真啊！"

我的五脏又收紧了。不是意识到梦想遥不可及，而是入厕的呼唤。

我急忙走出游戏球，把阿尔芭关在游戏球里，跑进隔壁房间。还好及时赶上，我刚坐下，大便就喷涌而出。这情况每次都令我惊讶。我尽力控制肠子，却根本无法阻止。第三次喷涌，我肚子就被抽干了，没任何力气存留。

我立刻冲洗干净，以免把这儿弄得臭气熏熏。我很难为情，向

---

① 位于中美洲伯利兹的著名洞穴，全长六千多米，是著名的冒险胜地。这里曾是玛雅人祭祀的场所，曾有二十多具人骨在此被发现。

空中喷了些凤凰牌，这是克莉奥最喜欢的空气清香剂，但那味道让我想起了驱虫剂。

最后，我的胃总算是舒缓了点，可以出去工作了。虽然我对自己在卡利诺瓦的生计并无多少欣喜。

我回到房间，从人偶上取下阿尔芭的头颅，放回收藏处。

在厨房里，我宣称："今天不去上班了。"

克莉奥苍白的脸显得她加倍吃惊。

"怎么了，不舒服吗？要不要我叫医生？"

我穿上雨衣，把兜帽拉起来。

"我很好，但今天想休息一天。查理会理解的。"

克莉奥连同情都不想装。

"你哥每月都疯狂工作，给我们挣 K。而你，就这样无缘无故地旷工？"

五年来，这种争论令人疲倦。我机械地回答：

"没错。我发个短信给他，如果这样让你安心点的话。"

"不要为我，要为工作。查理在工作上比你强，你应该尊敬他。"

争论的意义不大，我甚至都懒得解释是什么东西困扰我。我在门口与她告别，打断了她。

"那好吧，我就不跟他说了。回见。"

迟早，我会找到别人拥有的阿尔芭的碎片。我唯一的线索，是从嵌入她脑中的芯片里得到的一组序列代码。所有东西一被制造出来，就会被赋予一个制造商的芯片和与周围的环境互动的标签，因此我有理由抱有希望。

昨晚我在卡利诺瓦值班，RFID 面板上捕捉到了一个信号，走近它，就会发出哔哔声。突文风吹着我的背，来自大都会郊外硬挺的阵风，将把财富吹到我身边，抑或带走。

今天吹给我的是这串数字：8-952-395-78-08-02。

每天的工作中，成千上万的数据从我身边飞驰，这些信息营销和促销活动的烟雾笼罩着现实的一切：生产日期和地点、销售渠道、用途、有效期、销毁说明，以及商品信息定价过程中的所有要素。

这就是为何我不把自己归类为简单的垃圾打捞工，而自认为材料的打捞者。有了我的装备，我可以延长任何物件的预期寿命，当然不指望起死回生。反转物品用两个设备：一个是打捞用的黏土器，另一个是低热分散焚烧器，用于释放。

打捞和回收是我的使命。我代表逆转公司回收物品。

聆听着来自沉淀垃圾下六米的蜂鸣声，我开始挖掘。我的"钽4"，让我在大都会西部地区最好的垃圾打捞工的名单上名列前茅。我的机械臂意味着我不必担心强酸腐蚀，也不用担心子弹近距离爆破。

我的双手慢慢挖出放在木箱里的一只古董钟表，小小的钟摆在我掀开它的箱盖时摇摇晃晃，似乎还在意犹未尽地测量时间。

就在我弯着腰工作时，RFID 的识别图标出现在我的视仪面板上。这串代码通过了我设置的过滤器网络并非巧合。很早以前我就把它挑出来单独进行识别了。这些数字就像老式老虎机里的红心、樱桃和钻石一样旋转着。

这些数字是期待已久的发现：五年后，我截获了阿尔芭的一个原始部件的代码，这块部件在附近的某个地方移动。毫不犹豫，我放弃了时钟，开始追踪面板上闪烁的代码。我一路追着它跑，直追到维尼森街的交界处，又向南穿过拉扎尔街，再往南走。它就在一个街区之外，每一秒都在前进。

在逆转公司工作时，我学会了在每一件垃圾退化成基皮之前，寻找、评估和甄选它们。代码 8-952-395-78-08-02 的最后一个"2"告诉我，这是阿尔芭躯干上的一个部件信号，"黏液"米奇拿走的那部分。其他的数字则代表商品的名称、厂家、分类，等等。

信号把我带向东南，时速大约二十七公里，这也是我的极限速度。信号越来越近，然后又越来越远，似乎始终在走走停停。也许是在汽车或货车里？

我毫不顾及自己的疲乏，跟着跑起来。肾上腺素在我的血管流淌，我的四肢也应激而起。爬上去，翻过一堆土，用钽臂和刨爪把自己强拉起来，推着走——如果在死骨帮那时候我有这些好东西，他们就不会把我排除在他们的任务之外，也许当初就能救出阿尔芭。

我飞奔上楼梯，飞跃了一扇靠墙的大门。我俯冲而下，翻了个跟头，落在了一个阳台上，从那里可以俯瞰信号发出的街道。

然后，我看到了它。我的目标是一辆低矮紧凑的四轮货车，车窗破烂不堪，轮胎磨得光滑老旧。她，或者说是她的躯干，一定在里面。一想到终于可以触摸她，我就浑身发抖。

我从十米高处跳下去，用我那增强的肢体软着陆，离目标只有八十米了。这是一个直线距离，但即使以我最快的速度奔跑也无法缩小这个差距。

唯一的希望是下一组红灯。

货车加速了，决心要冲过红灯。我继续追赶，但在四公里后，我的肌肉承受不住了。一百五十米后，另一组绿灯亮起，那一刻，我身上的每一颗原子都恨透了大都会。左边，一辆私家客车超过了我，我绝望地抓住它，想搭载一程。我用钽爪拉紧锈迹斑斑的保险杠，蜷缩着身子靠在车后部。

我正在赶上，只差一点点。

我能看到货车顶，但看不到车牌。面板只有在直指标签的情况下才能接收到信号。有些标签的射程有限，有些标签的电池很快就会耗尽。

我松开了保险杠，但落地时却失误了，滚到地上，直接遇上了两辆迎面而来的车。我滑到了第一辆车的一侧，然后直接向上跳起，避免被第二辆车撞上，先是落在了它的引擎盖上，然后跳起来，越过它的车顶，落在后备厢上，随着它的狂奔，弹到了地上。

就在我表演这些杂技的时候，我的目标从坡道进入了一个地下通道：连接拉扎尔和雷恩的可怕隧道。大都会今天对我毫不友善。我则用身体里所有的怒气来回应它。

　　我不停地奔跑着，气喘吁吁。我跪在每逢下雨就涌进隧道的腐臭的水中，前面的路标指着两个方向。左边是葛藤园，右边是维斯科尼亚，货车不知所终。

　　我停住脚步，弯下腰喘息，败下阵来。

第六章　荒废的维斯科尼亚

去维斯科尼亚，找寻好运。放弃只会一无所获。

刚开始寻觅时，我曾天真地在垃圾地问了一圈，问是否有人见过继人类的部件。我甚至要拉沙、杜根、诺伯特和庞戈去找那些到处闲逛的失意者打探消息。我推测，死骨帮既然用这些部件换取了一周的狂饮，那么应该总有人知道些什么。我囤积了一些有价值的芯片和电子硬件，足以引诱任何人来交换信息，但最终一无所获。没人带标签或线索上钩，谁也不知道阿尔芭。

"北方的天空"在阿尔芭失踪一周后被拆除，每一件东西都被拿走了，小册子、异国风情的全息图，甚至连家具都被拆掉了，以便为回收专营店腾出空间，这种专营店和遍布大都会的几百家连锁店一模一样。

废弃的郊区升起有毒的气体。通往工厂的大门被扯下，横着半抵住入口。沿着外侧的墙壁——上面贴满了符号和刺眼的涂鸦——

一路满是粗糙的断裂和块状的可怕基皮。

我等待视仪适应从满是污垢的天窗里穿透的微光，旧机器的噪音已经被风阴森的嗡嗡声取代，风徘徊在立柱和锈迹斑斑的横梁之间。

这栋曾经生产溶剂、油漆和工业清漆的建筑，只剩下一副残缺不全的幽灵般的骨架。地面上覆盖着干掉的喷雪和油漆绘成的污渍地图。

丢弃的软纸页散落在地板上，也许是摩尔寺的侍僧们在秘密会议后留下的。在这里，他们密谋制造继人类，只不过还缺少核心技术条件。我捡起一张，墨迹几乎完全褪色了，文字很难看清：

非物质灵魂并不存在
身体是义体，起初而非最终承载

我将小册子塞进口袋，向昏暗而广袤的深处进发。那些深深的水洼可能毒性剧烈——以防万一，我从一块干地跳到一另块，直到抵达仓库的北角。在远处，我只看到一丝光亮在池塘里跳跃。池塘周围生长着很多低矮的植物，卷曲的叶子在昏暗的光下格外怪异。成堆的果实摇曳生姿，像囊肿一样挂着。突然间，其中一株爆炸了，砰的一声，紧接着是果子砸在地上的闷响。

我蹲伏在暗处观察。

快速扫描了一下，我松了口气，附近没有武器。

我惊讶地发现，两个孩子正在把水果当靶子。他们用简陋的吹管向其射击，好取悦两个咯咯笑的女孩。果实爆裂时，豆荚喷出黑色的油汁，女孩从地上刮取了些，像画眼线一样涂在眼睑上。

装满了长长的夜光虫的玻璃瓶子照亮他们的仪式，虫子发出的萤光把空气照得一片朦胧。

我小心翼翼往前走，刚好看见他们发现了一只小动物。他们猛扑过去，用小动物的尾巴捆住它自身。那是一只曲线形状的小兽，两栖动物，橘黄色的皮肤上有几块淡蓝色的斑点。它身上的颜色一定是为了适应废弃的维斯科尼亚而变异的。

"快，戴上手套。"其中一人催促道。

"怎么了，它连牙齿都没有。"

"不是因为它咬人，你这白痴。这小东西的皮肤上有黏液，烫死你。"

"你怎么知道？"

"猜的，你一碰它就烧起来。"那聪明的男孩微伸出舌头。

"真恶心。你舔了它？"

"那帮混蛋骗了我，他们说这叫尝试……"

这两个男孩就是十年前的我和查理。他们用钳子把小兽固定住，戴上乳胶手套。"聪明的"用木头的尖片切下那"蜥蜴"的尾巴。我狂喝着制止了他们这天真无邪的截肢行为。

我无法忍受这种行为，再也不会了。

"你在做什么？"

我的刨爪踏上一块铁板，四个孩子吓得跳起来。他们惊讶地互看一眼，以为我是个疯癫的流浪汉，然后便明智地选择了逃跑。

我走近那一大团东西，它还在地上蠕动着。然后，是不可思议的一幕。

它的身体想找回丢失的尾巴，欲望如此强烈，以至开始长出另一条尾巴。它的舌头发出咔哒声，仿佛陷入了谵妄态，这蜥蜴创造了奇迹。

没过几分钟，那条旧尾巴便停止了摆动逐渐枯萎。蜥蜴又有了一条颤动的新尾巴。

我目瞪口呆。要是我有这种力量就好了！要是小时候身体上失去的部分能再长回来就好了！这想法荒诞又简单：组织再生。

蜥蜴快活地嘶嘶叫着，钻入倒下的横梁里躲起来，留下我站在池塘边沉思。屋外的突文风呼啸着鞭打大楼，我不禁打了个寒战。

我感到寒冷，同时又因灵感迸发而极度狂热。我站起身来，匆忙离去。

如果我的亲眼所见，应用到阿尔芭身上会怎样？对她会起作用吗？我满腔的渴望从来没有如此热切。

我知道谁能帮我。

这时我有些尿急了，便靠墙释放。出口处有几辆自行车停靠在一旁。孩子们一定是急着逃跑，忘记自行车了。我一边撒尿，一边嘲讽地想给本就有毒的当地添点酸水，虽然我从不报复社会。

黑色的指示牌警告这里有视频监控，数以千计的电子眼监视着每一个人，寻找违法行为，像一群饥饿的猎狗，不过作用和稻草人差不多。

我检查着各种网络摄像头的位置，确保自己停留在它们的盲区。自行车用铁链拴在一起，但没有报警器或无线保护装置。我轻松把它们拖到一个死角，选中铰链的一节，来回扭动，直到它发热裂开。钽 4 再次证明了它的价值。

我骑上其中一辆自行车，沿着奥丁瓦里路出发，一只手还牵着另一辆自行车。突文风吹得人兴起，我胜利地咧嘴而笑，感谢风之助。

第七章　幸福

　　我和老艾恩一直是好朋友。自从我们做了那笔刨爪的生意——他用刨爪交换我找到的逆转公司大厦的 3D 图纸——他就视我如子。

　　我不知道他要这些图纸为了什么，但得到刨爪的好处，比从公司数据库中下载文件的风险要有价值得多。

　　真心所爱，值得付出一切。

　　我骑着我的"新"自行车，牵着另一辆，这让从维斯科尼亚到卡萨尔山那段路，仿佛都变轻快了。我从奥丁瓦里路上的浓烟——那硫磺般的基皮燃烧的颜色中看出，明天会下酸雨。天空紧紧压向地面，回荡着静电隆隆的声音，场面十分绚丽。纤长的飞行器和太空梭像乌鸦和海鸥交叉穿梭，在卡萨尔山的上空肆无忌惮地俯冲而过。

　　我的想象力冉冉升腾。从自行车下来，我沿着被垃圾打捞工走出的小径一路前行。两辆自行车招人觊觎，所以启动保护性扫描是明智之举。

第一座山头那边有人喊："亮明身份！你带的是什么？"

一对追踪光束打过我的雨衣。我举起钽臂和自行车以示没有威胁。往前走，有垃圾区居民从壕沟和路障后向我挥手。我拉近镜头，面向不对称轴，那儿有废弃汽车堆起的巨障，又看见两个人影，"结巴佬巴巴巴"和拉沙的叔叔"笑脸巴西姆"——他总是第一个看见我。

他朝我点头，和往常一样亲切。

我继续往前，来到艾恩的小屋，他正坐在最爱的豪华转椅上，研究行军桌上的一幅全息图，那是逆转公司大楼的蓝图，有铁窗、机械臂、传送带、电子配电盘，以及其他的设备。这些设备造成了现在遍地的过度生产，需要回收利用，还产生了令人痛恨的基皮。

艾恩对基皮很执着，每个人都是，因为基皮影响一切。但艾恩和我不一样，他分析基皮就像研究有解答的数学问题，似乎他想尝试扭转混沌定律。

连查理的生活也围绕基皮展开。他度过了死骨帮那段叛逆时期之后，以净化邻里为目的的猎杀成了他的日常生计。我哥还是那样，作为团队领袖，他对这种现象的本体论不感兴趣，只想知道如何尽可能地利用这种现象。他所追求的是地位、身份，我敢打赌，他会想尽办法拍马溜须，直到他在逆转公司的层级，一路滑溜溜攀上顶峰。

说到对基皮的态度，相比艾恩和查理，我则是仇恨。五年前的袭击事件后，我和基皮的个人关系有了变化。也许还因为被垃圾包围、每天工作 12 个小时，改变了我对现实的看法。

　　查理视基皮为机遇，艾恩以为其是新现象，我则将之当成噩梦。作为垃圾打捞工，我猎杀基皮。每天在垃圾堆的班次结束后，我都要写一份报告，记录下我发现的物品，不仅为自己，也为整个社区。

　　艾恩的宠物猪"臭先生"正在附近的猪栏里用两只小蹄子刨地。它挖出一件长满蛆虫的东西，不假思索地嚼了起来。

　　艾恩沉浸在思考中，甚至没有注意到我。

　　我把自行车靠在 4×4 预制板房上。"嗨，艾恩，看我给你带来了什么。"

　　他第一次抬起头来。

　　"给我的？一辆自行车？谢谢你，彼得。"

　　"别客气，我在维斯科尼亚找到了两辆没人要的。嗯，不完全是没人要，不管怎样……这给你。"

　　"让我看看这好东西。"

　　他起身检查自行车，用手摸了摸轮胎。轮胎用过，很滑。他检查了一下刹车，用手试了试鞍座的柔软度和悬架的弹力，又检查了链条的松紧度和运转情况。他像对待受伤的动物一样温柔地抚摸着车子。

"怎么样？"

"非常好，这样的惊喜可不常见。谢谢你，彼得。我有二十年没骑过自行车了。走起来方便。"

"我很高兴，我有个提议，能不能去葛藤园里看看？如果你能跟上我的话。"

"葛藤？我看过野生的，野葛长得很快，它改变了一切。"

"那我们走吧。你有多久没离开这里了？"

"不知道，彼得……我想去。不过必须工作呀，很快就搞完。"

艾恩的手肿胀膨大，就像那该死的垃圾堆本身一样。我只有一只手，再过几年，也会和他一样。

"你在忙什么？"

"照旧啊，也许是无法实现的梦想。逆转公司的混蛋们，不需要我时，就把我扔进垃圾桶。"

以前我就听过这故事。艾恩曾经是一名"分子定位技术"工程师，直到有一天，一群督察将一块板片插入他的颞叶，提取出记忆，当场解雇了他。官方报告称是心理健康问题，但他坚称是中了圈套。

"我几乎快成功了……接近终点。"

他眼里的灰心丧气已经到了抑郁的边缘。我知道他的感受，生活在破碎的梦想中，意识到梦想是永难成真的碎片。他和我在同一方向航行，在同一条河的两岸。

"好吧，不说野葛了，有什么需要我帮忙的吗？"

"有一件事，彼得……但有风险。你必须进入保护地，你可能很适合。"

"说吧。有了钽臂和刨爪，从 UCU 里偷东西都不是问题。"

不过，只偷过两次。第一次是很久以前，当时的 UCU 还没那么先进。我不想说起这件事，我甚至不愿意去想。第二次，则是为了一件胸前印有美国宇航局红黄两色标志的太阳服而和 UCU 对战。

艾恩很了解从我的肉体里伸展出来、把我和我的假肢连在一起的金属肢干。是他把它们嫁接到我的假肢上，一只在我前臂的一半，手腕和手肘之间，另一只就在膝盖上。

仰望天色，艾恩算了算时间，打开一听胶状肉和豆子。他将预制食物倾倒在两只不太干净的锡盘上。

"我相信逆转公司还保留着设计。好在他们至少还令我记得我是谁。"

"你是要我在你那一区的档案里窥探一下？"

"是的，对你来说很容易，但要小心点，控制区域，真正的'控制'。"

他递给我一把叉子，让我尝尝盘子里那堆食物。他一咀嚼，下巴就咔嚓咔嚓地响起来：呃，呃，呃。

我的思绪转到了艾恩埋在地下掩体里的书房。天气转阴时，他就会躲进那里。天气最恶劣时，他有时会一连几天都不见踪影。他要么研究，要么读书；要么读书，要么研究。努力追赶自己。

"我可以去中央塔里查理的办公室，只要我找到一个借口。"

我犹豫着要不要吞下盘子里的那堆食物。吃罐头食品毫无享受可言，几小时后就要排泄，一想到这，就把我微弱的食欲磨灭了。我的身体脱水，不仅是因为找不到饮用水，还经常因感染的细菌而干枯。

例如金黄色葡萄球菌。

例如大肠杆菌。

例如霍乱弧菌。

例如组织溶血性肠杆菌、轮状病毒、腺病毒和志贺氏菌，我仅举出艾恩告诉我的这些。

艾恩声称，生物学正在反人类。我的肠道证实了这说法，这并非他错乱的想象力虚构的。

我叉起一坨，迅速吞咽下去。

"我知道很恶心。看那些美味食物，加进蠕虫和芳香的弹性十足的意大利面，读读说明书看看它们是怎么做出来的。对我来说，一切都来自大工业，或者说工厂都一样。食物沿着地下管道送到餐厅、酒吧和超市，只需要打开水龙头、推个拉杆就可以。水龙头食品，没办法。都很恶心。"

他笑得合不拢嘴，巨大的喉结每次吞咽的时候都会上下翻飞。

"我也有事请教你，有点不好意思。"我说。

脸颊的皮肤下，几百条血管在窒息中扩张，我的脸涨得通红，体温升了好几度。

"好吧，但等一下。我得先去……"

还没来得及把话说完，他就跑到隔间，那儿安装了化学盥洗室。

我数到五，然后听到了克服便秘的声响，再然后是可怕的巨响——我还能忍受，这次不是我的身体制造的。在等他出来的时间里，我研究了一下全息图，有圆点标记出一条穿过房间、走廊和紧急出口的路径。

艾恩已经画出我潜入逆转公司大厦的路线。

有那么一瞬，我觉得查理可能知道如何把我偷偷带进艾恩的老地方。但我又想起来，如果那对他什么好处都没有，查理对帮助我的态度只有冷漠和烦躁。

假如不算上他"邀请"我和其他组长一起吃午饭的话，除了交接班或者工作出问题，我们很少见面——花很多时间和查理在一起，我可没兴趣。

每隔一段时间，他就会拜访克莉奥和我。节日期间，他不得不履行孝悌之道。他很讨厌如此，以至于他在地窖里待的时间比和我们在一起还多。我很高兴他不在身边，但克莉奥则很难熬。

艾恩从盥洗室回来时，脸上神采奕奕，为打断我的话而道歉。我向他提出了请求。

"听着，你还记得多年前那颗头吗？我们在垃圾场相遇时，我带着的那颗头颅？"

"头颅？是的，继人类的。"

"没错，死骨帮杀了她，把身体各部位卖给了垃圾地。"

盘中的肉，我不再吃了。

"可怜的故事。别告诉我，你哥哥一直留着头呢！"

"好吧，真留着，不是他……"

艾恩要是我爸，一定会更加严厉地对待此事，也会对我更失望。不过此时的艾恩表达了理解。他又吞下一叉子食物，洒了些在衬衫上。

"你爱她，对吗？"

"她叫阿尔芭，我想把她重新组装起来。我想知道……如果找到了所有的碎片，你能否把它们拼接起来？"

他看着我，对我荒唐的要求，将惊讶写在脸上。他的叉子悬在嘴边，乱了方寸，尴尬的沉默降临在我们之间。

我清楚，生活是黑暗的体验，我们花一生的时间去尝试赋予其意义。生活是没有指示的谜题，我们须得尽快解开。这与爱情并没有太大区别——但二十岁的我，又懂什么爱情呢？过去五年，我一直爱着一颗死人头。

艾恩从口袋里捞出一片干柠檬皮，咀嚼起来，下巴咔嚓一声。

"我之前是工程师……消除记忆之前。我可以帮忙。有一次，在我年轻的时候，同事说服我把猴子的头割下来……换上另一具身体。用了二十次手术，连接静脉和神经。然后，通电时，猴子活了一小会儿，足够在死前咬了我的鼻子。"

我喉咙发干，艾恩用沾满胶状食物的手指敲击他的太阳穴。

"记忆还在这儿。只要地窖里有书，总会找回来。不过我不保证……可能要好些年。"

前景给我一丝希望，就目前而言，已经足够了。经过这么长时间，阿尔芭的原件也许找不回了，甚至可能被毁掉了。

"这对我很重要。昨天我找到她的一个部件。它在从拉扎尔到雷恩路上的一辆货车里。我在隧道里跟丢了。"

"彼得，我的任务，只是艰难；而你的，则是愚蠢。这么久了，你还在想念那人头？"

我低眉，陷入了沉默。爱是否有期限？是不是过了那条线，感情就不再值得？爱情要多久才会转成二手情感？三年？五年？十年？

阿尔芭身上，有一种说不清道不明的力量，吸引我飞蛾扑火。也许是她的从容，也许是因为我可以告诉她任何事，不过这并不重要。她接受了真实的我。

我又拿起叉子，摆弄着盘子，把肉堆成抽象的小丘。

艾恩肯定理解是什么在驱使我。他自己也被迫抓住一条生命线——无论那希望有多诡异——避免自己最终成为基皮。

"这样做，真使你幸福吗？"

我的眼睛亮起来。第一次有人问我这样的问题，一个假设我有能力获得幸福的问题。

"从我十五岁起，阿尔芭就成了唯一让我数着分秒期待再见面的人。那两年，我每天都要走过'北方的天空'。每天一小时，我从卡萨尔山上窥视她。即使现在，当我和她独自交谈时，我也会把她藏在衣柜里，不让别人知道她的存在。我盯着她越久，就越会失去时间感。我和她说话，就会感觉好些。我没有病，艾恩，我发誓我没有病。"

他吐出了一块碎屑，落在锡盘上。他点点头，好像我说的话没什么新意。

"我信你，彼得。不过从你的口气来看，这位阿尔芭似乎更像是治疗不快乐的药，而不是通往快乐的道路。你花了多少时间和精力，营造不那么糟糕、不那么悲惨的感觉？但是，有谁若善于识别价值，那他一定一无所值，这点可以肯定。"

艾恩这样说话时，我通常跟不上。是我错了，我可不能指望把荒唐故事的碎片丢给他，好像一切都很正常。

"听你所讲，都挺真诚……记得早先在学校，那时我还很单纯……激情不用火焰也会燃烧……像时间跳跃，当你如此沉浸在一件事里，如此痴迷某个想法，一瞬或永恒也许都已过去。当你回过神来，万事都已沧海桑田，时间飞逝，而你驻足在那里，无论何处，你都在那里。我晓得，这是一种刻骨铭心。哲学家称其为'欧

达姆尼亚 [①]'。"

"艾恩，这跟学校有什么关系？我说的是爱情，不是科幻小说或哲学。"

"万物都与它相关。当你处在幸福中，时间静止，你得以完整。意识停止了，你就会随着内在的音乐运转时间。"

有时，我觉得艾恩把我当成了他个人的树洞。我理解他把自己的想法放在正确的语境中有多困难。鬼知道公司的入侵给他留了多少脑子。然而，他的故事还是有能力将随机的信息转化为有用数据，给我留下了深刻印象。

虽然我不确定自己是否理解了这概念，但还是继续听着。在卡萨尔山的臭味里，他苍白的嘴唇讲述起怀旧编年史。

"我警告你，彼得，你并不处在真正的幸福中。对古希腊人来说，幸福有三种类型，而你只经历过最低级的幸福：愉悦和重复的快乐。这样的幸福太多了：喝酒、性爱、奢侈和其他外在的表象。你对阿尔芭的感受也是如此。"

这点艾恩错了。那也许是我五年前的感觉。现在则纷纭万状，我不知道该怎么解释。

"第二种幸福叫'好生活'。不是粗糙的感情唤起。好生活是播下种子让它去生长，学习运用种种力量，使之作用于生活、爱情、

---

① 欧达姆尼亚, eudemonia, 由古希腊词汇派生，意为"幸福"，也是本章的标题。

工作、友情和家庭。对于哲学家而言，谁善用原则，谁就会被守护神拜访——守护神是好神灵——会赐给你幸福和满足。"

艾恩沙哑的痰音中带着痛苦和庄严，让我心头一震。

"什么？你是说，如果我成功复活了阿尔芭，就会有守护神出现，使我幸福吗？"

艾恩吃完了，把剩下的几块肉扔给了臭先生，臭先生感激地哼了一声。然后，他从旁边的桌子上拿起一把刷子，走到宠物身边，给它茸茸的皮毛好好梳理一下。它扭动着身子，快乐地响鼻哼哼。

"是的，或多或少。守护神喜欢力量，以他的名义行动，献祭般地给予。这就是为什么只有被动的快乐来自感觉。让阿尔芭起死回生是爱的表达，而守护神是缺席之子，他没有得到想要的东西，于是通过智力，不择手段，接近他的所爱。"

这点我觉得我听明白了：拥有不如渴望，渴望带来的是完满。兴奋在我的胃里涌动。

我所生活的世界就是这样，悬置在游戏球里的虚幻、垃圾场中的死气沉沉、阿尔芭躺在衣柜里的不吉之间。我咬着指甲，撕开了它的角质层，手指在流血。艾恩把我带回了现实。

"第三种幸福是对意义的追寻，超越个体的小，在宏大中融入自我。最大化融入其中的经历，我便得到最大的幸福。最幸福的事情皆如这般，养育孩子、为人类规划未来，拯救鲸鱼，等等。"

我不知道这类幸福。除了在游戏球里，我从来没有见过鲸鱼；

我也还没做好自我牺牲的准备。而且我几乎可以肯定，阿尔芭不会给我生孩子。

"你有没有想过，幸福如何才能衡量，彼得？"

我眨了眨眼。衡量幸福听起来与我很矛盾，但艾恩一定是在他记忆的深处偶然发现了惊人的概念，才会这样说。

"没有。我才二十，你总是忘了这一点。"

"年轻不代表不能追寻。感恩的数量与幸福的程度呈反比。你表达的感激之情越少，幸福感就越强。有趣的概念，对吧？"

我同意，四下张望。臭先生还在附近刨地。它用鼻子嗅着空气。链子拉得很紧，它仅能走到一个柏油色的水坑里。

不多时，下午的地平线稍稍放亮了一些，散落在地面上的水坑暗了下来。我们头顶上的黑暗，在经历了这么多的宣导后，已变得清晰，近乎平淡。我不想夸大谈话的重要性，我需要想想。

"你令我浮想联翩，艾恩，骑车回家的路上我不会无聊了。"

他站起身来，消失在小屋内。当他再次出现时，手里拿着一个米色信封。他把信封递给我，里面有一张光盘和一页手写的纸。我看到"净水器""真空花粉"和"鸡血树"字样。

"拿着，先看计划再行动。如果想了解更多，跟我说。"

我把信封好，和艾恩道别，把自行车扛在肩上往回走，下了卡萨尔山。

第八章　柜中骷髅

新消息我可不能独享。在自己的房中我感到安宁。克莉奥在睡觉。两年来，查理一直和乔共同生活。乔来自德尼罗，他在死骨帮的一次郊游中认识了她。

我把她从藏身处拉出来，放在人偶上。阿尔芭脸色苍白，雀斑在她脸颊上尤为醒目。她脸上有献祭处女般的痛苦表情；她那一头火红的头发，仍在我的内心深处点燃那股希望的风暴。

不知道亲眼看见我的生活，是否让她有些不安。

"有好消息跟你说。"

她牛奶般的无瑕和她最后一晚活着时一样。眼睛清澈明丽，一如从前。

"我和艾恩要复活你。首先我要找到你所有的碎片，艾恩再将你重新组合起来。接着我们去度假，去你以前推荐过的地方旅行，比如广西、伯利兹或卡帕多西亚。我们将飞到地球尽头；我们将在非洲篝火闪烁的阴影中流连；我们将在蒙古大草原上看黄昏落幕；我们将对目的地充满向往，对抵达满怀喜悦，天空中的云迹将为我们指明道路。"

我面红耳赤，只要她在我面前，我内心的燥热便无法消散。即使眼前阿尔芭的美丽和她所遭遇的恐怖对比强烈，也不能使我退却。我们还将继续这样吗？恐怖会不会浮出水面，让我双眼蒙蔽，让我不知道自己该做什么？现在还没有，不知将来又如何。

我捧住她的脸。

"往日并未死去。对我来说，它甚至不在往日。我只想让你明白。"

游戏球的 LED 灯闪烁。视仪上的备忘录提醒我有约：

比赛邀请

纪子想继续冒险，从我们昨晚中断的地方继续。

"等一下，阿尔芭。我告诉她我正忙，马上就回来。"

我和纪子已订婚——不是在现实世界。从我十八岁、她十七岁时，我们就开始了模拟恋情。多人游戏比单人游戏更复杂。群体选择制造悬念、产生期待、完成任务，你对游戏同伴须有信赖，自然常常换来失望和背叛——也有意想不到的成功——尽在游戏空间里。

在《梦生》中，我们是一对歌手，起先互相憎恶，后来坠入爱河，成为稳定的情侣。我们用催人泪下的二重唱打破了半个（虚拟）

星球的票房纪录。

在《生活与被生活》中，我们必须捍卫爱情，抵御各种危险：反对我们结合的强势的父母、嫉妒的前任恋人、羡慕的朋友、被解雇的威胁、媒体的攻击、报复、虚假的指控和其他各种挑衅。

我们两个星期没合眼，游戏通关。

我滑入了数据流的旋涡中，但在真实世界中，仍留着心眼查看周围动静。透明的数据层缓缓消融。

我打开纪子的频道，她的拟身正在等待，显然很恼火。

"今天怎么了？睡过头了？"

"没，我现在没时间。明天怎么样？"

"也许明天我也没时间。"

她这么固执时，我真想换个队友。但纪子很会当机立断——当你与万千敌人鏖斗、破解谜团、找到从埋伏中脱身的方法时，这是珍贵的天赋。就是现在，她的反击也迫得我无暇思考。

"下次吧！"

"什么时候，彼得？"

"等我们都有时间。"

"我们必须完成玻利维亚的任务，你忘了？"

在《终极之旅》中，我们要在玻利维亚的蒂亚瓦纳科古墓中寻找被盗的考古文物，但在秘鲁和玻利维亚的边境站，一个身穿民事保护制服的小胡子男人"忘了"给我们的通行证盖章。等我们离开时，这官员突然说我们是非法入境。这是小混混常用的伎俩，用来欺负旅客，赚取外快。

我们上次暂停游戏时被堵在偏僻的地方，那里居然不接受 K，货币兑换处也即将关闭，农民和卡车司机在街上排起了蛇行长队。

当地的导游——一个有点乌罗斯血统的奇科人——可能会帮我们，虽然他已声明，他也要报酬。我和纪子都没钱。所以，由于我的轻信，我们现在被一群豺狼摆布了。

惊慌失措中，我暂停了游戏。

"我当然没忘记边境那事。但我还没有想出任何办法。"

"我有办法。"

"好吧，但……现在不行，纪子。"

她的拟身做了个鬼脸，她知道团队的信誉度排名最最重要。在垃圾场上，被人背叛的概率很高，但在游戏球里，人与人之间的关系建立在对等的信任，以及与之相关的信用评价上，那就不一样了。如果我们的排名下降，就有可能影响团队的团结，成为敌人容易下手的猎物。

"你真的没和别的什么人在玩？"

"纪子，你的想象力真丰富啊！我可不会背后给你捅刀子。"

我的拟身假装没听懂。我心里涌起一股庆幸，多亏这几乎已经过时的三手软件，无法随心所欲地清晰传递微妙的情感。

"我会记仇的。下次等你需要我时……"

纪子狠狠地断线了，只留下我看着像素球体，它发出颤音，然后渐渐消失。

假若我们住在同一栋楼，她早就咬牙切齿来撞门了。我知道她那个鬼脸：她在伊拉克割断想偷我们文件的货车司机的喉咙时，就是这表情；她在湄公河遇见那假装马达坏了试图向我们勒索钱财的船夫，威胁他把我们带回岸边时，也是这表情。

我听到走廊里传来一阵动静。不可能是克莉奥，在镇静剂的帮助下，她总是一连睡十小时。片刻后，我最坏的猜想成真了。前门离我房间有五米远，那沉重的脚步声只能是查理的，我哥突然来访。玻璃瓶的叮当声宣告他就在门前。

为什么现在来？为什么拜访我？

他把头探进房中，抱着两瓶啤酒，傻傻地咧着嘴笑：

"诶，排骨精，来一瓶？"

我钻出游戏球。我们相隔一米，两人都伸长了脖子，面向对方，但查理的眼睛却不在我身上。

他一动不动，僵住了。他和阿尔芭，相互好些年没撞见了，上次的会面，一点也不愉快。

我诅咒纪子。

我诅咒查理。

然后，我诅咒自己。

"妈的，那头怎么在我家？"

我不知道该找个什么理由。我想到的每一个借口，都充满破绽，每一个都是明显的废话。我的脸红了，但我努力在言语中伪装自信，尽管我知道自己是个可怜的骗子。

　　"是在'我们'家吧，大哥，你不住这里了……"

　　我僵笑。

　　"……而且你一来总想让我们大吃一惊，像现在这样。"

　　他疑惑地皱起了额头。

　　"我住哪儿，不重要。我问你一个问题。"

　　如果纪子在线，她就知道该怎么脱身了。而我只用了三十秒，就给自己招惹上了麻烦。

　　她说得没错，我是个混蛋。

　　不过，在真实世界里，最好记住，纪子可能根本就不存在。那张有一双东方式眼睛的小圆脸可能是人工智能的幌子，也可能是一个疯狂的肥仔，或是位无聊的家庭主妇厌倦了打扫卫生和做饭，上来寻找刺激。

　　不管怎么说，我哥要的是答案，我也是。

　　我身上大汗淋漓，腋下湿了一片。我不知道往哪里看。我怀疑，最初的惊恐很快就会被黯淡的苍白取代。

　　这不是尴尬，是恐慌，是警钟。

　　"懂了……你回去找人头了，什么都清楚了。"

　　很好。我不打算再解释什么了。查理迈开步子走进房间，走近

072

阿尔芭。他更仔细地审视她，吐出了他的判决。

"我告诉过你，这东西会带来厄运。你不能在屋里留个人头，而你……这段时间，你一直在骗我和克莉奥。"

查理是故意在这句话中提到自己的。他坚信，作为长子，他的职责就是承担起我们共同的但又不在场的父亲角色。

"克莉奥不能工作，也不能离开家，像人质一样困在这里……我已经盼了好几个月的升职了……我得不到我应得的职位，原来是因为这个。都是那个头的错！"

如果我妈醒了，整个局面会迅速恶化。一想到全家人聚在一起谈这事，我害怕极了。

"不是这样的，妈妈的病与这个头无关。好怪的想法！是我在这里照顾她。我们甚至一起录了些回忆，以备她将来不在了——我们录了很多过去的事儿。而你做的一切，不过是给我们送 K，到最后我们根本不需要……"

"哦，你不需要 K？你肯定吗？要不要问问她？"

这么多年来，查理没有什么变化。查理的智商并没有因为官僚主义历练而有所提高。二十四岁的他，仍然像青年帮派头目一样嚣张。

"没必要叫醒她。让她睡吧！"

我盼他停止争论，但他可不愿意。

"你得把它扔掉，彼得。你不能乱来。你不记得托德了吗？

"渣滓"托德·莫冈，"击打披头士"的头目，是查理少年时代最大的敌人，直到托德消失的那一天。

"他像你一样，喜欢把人头放在他的前厅里当作狩猎战利品，结果引来了闪电。雷雨天里你不会想站在他十米范围内。他那房子成了放电旋涡的焦点，这白痴爬上屋顶想架起避雷针，可以想象，他的屁股被闪电击中，接着滑倒，从屋顶摔下来，摔断了脖子。之后，他就丢了前厅里的人头，但他被困在轮椅上了，只能在帘幕后面看天气。这就是托德离开乐队的原因，叶森接替了他。几年前他就跟我说过这件事。

"要我相信这个？"

"妈的，伙计，那听听这个。你认识垃圾地工作的拉斐尔·西科尼吗？嗯，有一次，他们把一颗人头放在他储藏室的盒子里——不管是玩笑还是意外，没人知道。当他回到家时发现，他的儿子奇普撞到栅栏上，挖了眼睛住了院，他女儿劳拉因食物中毒住进了医院。当天晚上，他的妻子在家里被绊倒，摔了一跤，膝盖骨三处骨折。她再也不能正常行走了。留下盒子的人可并没像拉斐尔那样轻描淡写地脱身。像我说的，别小看某种力量。"

我努力想扭转局势。

"如此说来，死骨帮的首领怕了一个人头？"

"嘴巴注意点，排骨精，别把我惹火了。那不仅仅是一颗人头，是死了五年的人头，是他妈的柜子里的骷髅。你像小贼一样藏着这老朽的基皮，一只死老鼠都比它强……少喷粪，扔了它。"

他的态度令我满腔悲愤。"扔了它"这种话，是我从未想过的结局，这结局和把绳子绕到我脖子上差不多。

"难道得我亲自来干？"他问。

说到这份上，我心意已决。

"不，不，我来。"

我走向人偶，开始取下阿尔芭的头颅。

我们的高声争执吵醒了我妈。

"怎么了，小伙子们。你们没在争吵吧，有没有？"她声音带着睡意。

查理又变回成熟负责的长兄，他压低了声音，带上一股甜腻。

"没事，妈，一切好着呢，您回去睡觉吧！"

我把阿尔芭放回柜子锁上门。

"我不告诉她仅仅是不想伤她心。也许你觉得一直是你在照看她，你他妈懂个屁。"

他的伪善比腹泻对我的突袭还恶心。查理晃着瓶子威胁我。

"我会再来检查，趁你没防备的时候。别以为那可悲的理由能替你解围。"

说完这些，他进了厨房，独自喝光了两大瓶啤酒。而克莉奥，错过了整幕剧，陷入沉沉而又镇定的睡眠。安宁回归，但暴风雨后的平静总是令人不安。

第九章　太平间之旅

如此的警告促使我必须重新审视针对阿尔芭的安全保护措施。假如查理只要知道她不在屋里就能平心静气，那么我只需把她带到别的地方就可以；但如果他想要看到她被毁灭干净的证据，我还得想办法让他相信我的话。

能不能再找一个像阿尔芭那样的人头？

我敢给我哥一个烧过的肿块，就说那是她吗？

我还有多少时间可以清理房子，解开这厄运？

第二天一早，我把阿尔芭放进行李箱里，前往卡萨尔山，下定决心要找到答案。

在琉璃街我撞见了拉沙，他正在行乞。他搞了个可怜的小把戏，从来来往往的路人身上榨取几K。他示意我到一边等着，别打扰他。我看着他，他满头大汗，看起来愁眉不展，在博取一位看起来很富裕的老太太的同情。

"对不起，您知道最近的药店在哪里吗？"

"等一下，孩子，让我想想，应该有……"

拉沙插话，开始了他的把戏。

"快点，夫人，请快点，我得给我生病的小弟弟找点药。""嗯，那条路，走过土地打捞牌之后。"

"他已经病了三天了，不停呕吐，不停地哭，哭得停不住。"

"我很遗憾，你父母呢？"

"他们不在这里了。我是说我妈妈还在，但我不知道她具体在哪儿。爸爸早离开我们了。药太贵了，夫人，要两 K。"

老太太上当了，从包里掏出东西来。

"听着，亲爱的，我只带着这些，拿着这 1K，希望你弟弟很快好起来。"

"太谢谢您了，夫人。我要告诉他，卡萨尔山还有好心人。"

然后，拉沙一把抢过 K，拉着我的胳膊，把我拖到琉璃街的拐角。

整整一天，我都感觉查理仿佛在我的脖子上喘着气，这比裤子里进了基皮更令人紧张。我活在惧怕某种报复的恐惧里，只好集中精神工作。

我发现一个瓶子，里面装着种子油，一只几乎全新的自行车轮胎（有点小，需要充气），还有一张旧纸板套着的黑胶唱片，封面上的图片是一束白光通过三棱镜折射出彩虹的缤纷。

突然，我的指尖顶在了一块人的头盖骨上。我查了下网络，把它与一些照片比对，表格中的数据告诉我，那头骨在过去的两万年里并无大变。它与尼安德特人的头骨惊人地相似。

我把它扔到空中，下落时接住，掂了掂重量。这头骨，这么长时间都没有变化……人类智能的发展已经达到了一个平台期，而人工智能，通过电路和处理器，正以指数级不断发展。我扔下头骨，它从斜坡上滚落下去。

拉沙、诺伯特、杜根和庞戈同时叫我。他们打着手势，让我赶快过去，看他们在一堆报纸下找到的东西，那东西用破布包着。

"捂住鼻子。"

这股味道迫使我们不得不戴上口罩。尸袋里装着一个死去的女人，袋子上的警徽已经完全褪色。看来有人没熬过冬天。

拉沙想立刻焚毁它。

"不是我想烧掉它，我控制得了自己不放火的，只是有一些病菌会从里面跳出来。"

不仅如此，他的印度教出身也要求他将尸体火化，这样五行才能归宗：气、水、土、火回到尘世，而以太回归灵界。

"也许你说得对。"我嘟囔道。见过了尸体，闻到腐臭，我赞同拉沙。

"它一定有段时间了……那些蛆虫至少有一英寸长。"

成群的苍蝇在它上面嗡嗡作响。

"我们至少用东西遮下它吧？"

杜根从背包里掏出一块油布，在我们面前摊开，赶走了苍蝇。这样一来，就可以阻止这些虫子——它们总在吸啜液汁，到处打洞产卵——钻进我们的眼睛、鼻孔、耳朵和嘴巴。

今天的小队组长是一位拿着全息平板的工贼，他叫了救护车。救护车过了二十分钟才到，这段时间里，尸体身上的物品被拿下来，大多毫无价值。医护人员一上山，就嚷嚷，因为没有有效的保险，他们没义务把尸体带走。这老太太连证件都没有，更不用说健康险和安葬险了。

领队从自己的腰包里掏了钱，我们又继续工作。

他笑着了结了这事。

"我会把这笔费用从逆转公司拿回来。"

大家没跟着笑，除了他，没人能报销"费用"。

医护人员把尸体装上救护车，我几乎想跟在他们后面偷人头。我敢保证，他们转过第一个拐角，就会把它扔回垃圾场。接着我有了个更好的主意。如果有人死在医院，尸体就会被送到太平间——一个没有人在乎的地方，没有人愿意知道那里发生了什么事。尸体会一直待在那里，直到确认身份并进行尸检，然后再火化或埋在蒙都尔公墓的集体墓地。

下班后，我骑上自行车，赶着去本地的停尸房——在维尼森大道——找寻阿尔芭头颅的替代品。

我并不害怕看尸体，也不害怕停尸房。这座建筑很干净，周围都是纤细的树木，是我从未见过的树种。

一盏残缺的指示灯指向地窖。一条阴暗的坡道通向无名的入口，没有任何标志。我推开门，望向阴暗深邃的走廊。我的第一反应是用视仪检查地图，确定紧急出口在哪里。门房从填字游戏上抬起他百无聊赖的目光。

"你来这里做什么？"

第一个问题就问倒了我。我支支吾吾，不能告诉他实情。我环顾走廊寻找借口，发现墙上挂着一些传单，宣扬火葬的好处，宣传临终小组的关怀，提供打折棺材以及专业人员的服务——他们会安排葬礼事项，与死者的熟人联系。

"一件私事，我能和心理医生谈谈吗？"

他笑得很难听，这种情况他可能很难遇见。

"心理医生？这里只有死人。你得自己带着心理医生来。"

我决定假装来这里有合法因由。

"我来确认一具尸体的身份。"

他表情变了，熟极而流的回答脱口而出：

"走廊的尽头右转，穿过塑料拉帘，然后问勤杂工。"

我开始往下走，通道感觉有一公里多长。我把手提包放进柜子，里面装着阿尔芭的头颅，又把钥匙插进锁里转了一圈。

地窖气氛阴冷，与大楼外面花哨的窗户、重新粉刷的颜色形成了鲜明的对比。沿着走廊，墙壁上出现的指示牌标明了殡仪馆、冷藏室和解剖室。

在走廊的尽头，我推开黑色条纹的涂蜡窗帘，进入了充满死亡气息的房间。架子上有序地摆放着一排排罐子，里面装着防腐处理后的内脏。此外，还有许多水泥床，上面放着衬着锌边的棺材，还没封好。

有两位验尸官，一位拿棒球帽遮住眼睛在打瞌睡，另一位在整齐的办公桌前值班，一副事不关己的冷漠。我的呼吸凝结成小小的灰云。

"门房说要我来找你。"

这次由我起头，说着到现在为止还没露馅的故事。验尸官长着一张马脸，两道肉条当耳朵，一副心不在焉的样子，像个急于逃离当下的人。

我的舌头抵住上腭。

"我在找我妹妹……她一个星期前失踪了，我想问……她在不在这儿？""你在医院里找过吗？找人，一定要先到那里看看。"他擤了擤鼻涕，懒得掩饰对我的不耐烦。

"我妹妹情况很糟，她流浪街头，也没有保险。"

空气中弥漫着刺鼻的甲醇。他摇了摇头。

"这样的人很多……姓名？"

这就麻烦了。

"塔拉·卢安德斯基，不过我觉得她不想让人知道名字。她好几年都没有身份证了。"

有点恼怒，马脸推开桌子。不是恶意，而是懒散。

"听着，小伙子，你想从我这儿找什么？我可不能带你彻底参观停尸房。"

我该感到幸运，这多多少少是我需要的服务，我尽量使自己的神情淡定。

"当然。有没有二十五岁以下、黑发绿眼的女孩？"

他弹回椅子里，转头看看同事。

"诶，米奇，听听这家伙说的……他说妹妹不见了。你能帮他吗？我快下班了。"

另一人掀开视仪，我的心差点跳出来。

"他'妹妹'，嗯？"

他先是怒视我一眼，又吸了口气，沉思着。如果他想，完全可以把我出卖。不过，他走到我身边，用一只手搂着我肩膀，把我带到桌子后面。

我简直难以置信。这是我哥的死党"黏液"米奇——因他的分泌物奇多而得名，而且他有一个可怕的习惯，那就是对着手边的任何东西擤鼻涕。我简直不敢相信。他态度暧昧，表现得像我同伙。他还记得我吗？

"当然可以。交给我吧，乔吉·波依。"

乔吉·波依点点头，整理了下办公桌才离开。米奇带我转过身，领着我进了冷藏室。

"那好，你希望妹妹是个什么样的人？"黏液问。

我这才发现，他可能早知道是我、故意嘲讽我来着。我们走了一会儿，他给我看了几具从棺材里抬起来的尸体。

"桌上那几具还是热的，"他掀开最近的那具尸体的被单，说道，"昨天下午刚进来的。我们把他们放在液体里泡了一会儿，以防过早干瘪。他们有点肿了，但你能做啥呢？我们要保持他们的仪容。你看，一点儿也没有僵死的迹象。我割断了他们的肌腱，我把每一个孔窍都堵住，保持干净。像这样的自杀者，我小心翼翼地把他们的手腕缝合起来，这是个精细的工作，他们在墓地教我的。"

我惊讶万分。在死骨帮的日子之后，米奇成了专家。

"他们在墓地里教你这种事？"

"嗯，显然不是蒙都尔公墓，而是在科恩德瓦那的北洛邦的老公墓。主要是为了让他们的亲戚有面子，这比别的都重要。葬礼什么的，只有那些付得起钱的人才办。相信我，没有人不想看一眼死者，即使是硬汉和那些自以为是的人也如此。"

米奇把他的刘海从眼前推到一边。他一点儿没变：还是那颗尖牙，一双掠夺性的大手。只是他的刘海变灰了，姿势有点松懈。

"抱歉让你看到那眼睛。我通常不会摘掉它们。比起金属眼，很多人更喜欢原本的眼睛。他们真的很恶心。我让他们的嘴巴张着。我只要求你完事后把塞子换掉。这是预防措施，为了保持组织的弹性。相信我，这些都是经验之谈。"

他冷笑一声，又掀开另一张被单，给我看一个五十岁上下的男人，他胸前有浓密而灰白的毛发，肚子被从左到右划开。在他身旁的另一张被单下，躺着一个红头发的小女孩。她被笨拙地拼凑在一起，纤小的手臂以一种不自然的姿势叠在胸前。她那可怜的身体上布满了擦伤和淤青，看起来就像被践踏过的草坪。

我克制住自己不要呕吐。

"谢谢你，米奇，不过我想找一个二十三岁左右的女孩，黑头发、绿眼睛。"

"有一个有点像，她快三十岁了，但我们把她转移到洛邦去了。一旦找到火化工，他们就会被拉走。最多也就四五天。我以前就干火化，但现在已经升职了。你无法想象下面有多冷，当你钻进那些死人堆……"

我们在走廊上往前走，甲醛的味道扑鼻而来。

"这里的尸体热乎些。"

当米奇掀开其他棺材盖时，我感到窒息，必须赶紧呼吸，从这些肿胀的、烧伤的、腐烂的、被锯断的、被啃咬的、被木乃伊化的、被肢解的尸体的绝望里解脱出来。尸体太多，还没来得及清理。看样子，有些永远走不出这里了。有少数——大多是老者——已经成骨架了，变成了一堆堆光秃秃、没有肉体的白骨。

肉体在腐烂中消亡，抹去了伤口，但骨头还在，即使伤口愈合了，也不会隐匿：在一个残破的头骨上，我看到童年摔倒的痕迹；我看到在酒吧打架时留下的断裂的肋骨；另一具较矮的身体上，腿骨有因车祸造成的细小骨折。

骨头捕捉到了这些瞬间，它们谱写出痛苦。

"对不起，米奇，有洗手间吗？你懂的，液体总使坏……"

"那里，右边。之后我们再继续参观。"

我不得不让自己冷静下来。镜子里，我的眼里满是恶心。腐尸的气味像一把匕首刺进鼻孔，令人难以忍受。空气里弥漫着浓重的味道，我不确定自己能不能坚持下去。

与这里相比，垃圾场简直散发着香水味。

弯腰趴在马桶上，我估计在这种状态下——头晕目眩，神志不清——直接告诉米奇我的意图会更容易，但我不知道该如何向他表达。

擦干眼睛，我离开浴室，发现米奇正用手指挖耳朵。他把耳朵里挖出来的耳屎堆起来，放在冰冷的瓷砖上随它变硬。"黏液"米奇也还没失去这令人反胃的习惯。

"你知道吗，彼得，我一直在想。上周带进来一位金发女郎。你要不太挑，她倒是合适。你说呢？"

这是他第一次叫我名字，我僵住了，又想吐。以后，我可以在自己的私人恐怖墙上再刻一道了。

"让我看看。"

从满墙的编号柜中，米奇拉出一个金属抽屉，打开一看。里面的姑娘很是漂亮，但与阿尔芭相比，并没什么特殊之处。然而，这女孩，或者说她的脑袋，是骗过查理的最佳人头。

"漂亮吧？可惜的是那对奶子，最多就是个B罩杯，太小了，不是我的菜。"

在这点上，我同意米奇。胸部要海量。

米奇戴上一副无菌手套，又戴上一副，才开始清洗身体。他用棉球蘸上杀虫剂，放进女孩的耳朵和鼻孔里，阻止昆虫产卵，并在她的嘴唇上抹上蜡，防止裂开。我敢打赌这不是真正的蜡，但我很快赶走了这想法。他把她翻过来，用手指撑开她的肛门，放出浊气。

"米奇，你觉得染发有用吗？"

他一脸疑惑，仿佛问题很荒谬。他更仔细地看着我，确定我就是我，还是五年前他认识的那孩子。

"你在说什么呢？我给你一个性感辣妹，你还抱怨她头发的颜色？"

"对不起，我……我只是对某些细节有特别要求。"

他用手拂过额头。

"我也不知道……可以问问乔吉·波侬，他在这儿二十年了，一定遇到过类似的事情。"

二十年。足够亵渎一代人的尸体了。他们亵渎了多少死人啊？有点像基皮之于垃圾：能量耗尽，基皮袭来。

"算了，我随便问问。她让我想起一个曾经认识的人。"

我犯了个错误。米奇那天晚上就在那里，他带走了阿尔芭的躯干。

"会是谁呢？你在死骨帮的时候，我可从来没有注意到你对谁有好感。"

我低头咽了咽口水。我也许没什么特别的地方，但和米奇比起来，我是个天才。

"是啊，你不认识她，我是后来才认识她的。"

现在最难的问题来了，即使他把尸体单留给我，我怎么把头颅砍下神不知鬼不觉地带走呢？

"听着，抱歉我笨得很，你通常怎么……"

至少这一次，做查理的弟弟还是有些用处的。米奇很纵容我，我毕竟是他朋友的亲戚。

"我会把尸体送进解剖室。如果没有特殊要求的话，与失散的妹妹的探视时间总共三十分钟。因为是你，再多给你十五分钟。"

他朝我眨了眨眼。回到接待室，我突然意识到，我无意中发现了一帮恋尸癖的暗语：我在找失踪的妹妹。另一个想法在我的脑海中嗡嗡作响。

"趁还在这里，我想问你另一件事……卡萨尔山有个家伙有怪癖，你在这儿，有没有遇到过继人类？老的也行。"

"继人类？没有，他们会被带到垃圾地，皮相不错的，可以换到相当多的 K。"米奇扬起眉，顿住了，他这才意识到了什么。"你还有什么话不老实，彼得？你先是讲一个女孩，然后又问起了继人类，我猜到你想做啥了：你要找的是'北方的天空'里的那个人。我说的没错吧？"

要来的总会来。我的脸失去血色，变得煞白，和这里的颜色一样。我差点毁了我冒着风险要从他这里得到的一切。

他用被单一角擦了下鼻子，擤出一长串黏糊的鼻涕，心满意足。"我记得她，好吧！那妞太火爆了，我们没有卖掉她。"

这话像大锤砸向我。我不得不靠在小推车上才能不瘫下去。我眼睛眨得飞快，脉搏在太阳穴里剧烈跳动。接着说，米奇，千万别停下来。

"什么，你的意思是你们没去喝酒？查理告诉我，你用它买醉……"

米奇是那种只需要一丁点鼓励，就心甘情愿和盘托出的家伙。米奇把我的坦诚错认为是天真，我诱使他告诉我那晚我没看见的事情。

"平时都这样，但那次不是。我们快到商店的时候，'腰子'大发狂性——你知道他是什么德性。他坚持说，他必须要'干'，就在这里、马上。他要是知道我现在在哪儿上班，一定不会放过我，他会一直在我身边……"

米奇打喷嚏,一次、两次、三次。我用手臂护住脸。

"就像我说的,吉米真的很牛脾气。他让我们不惜一切代价给他找一个发泄对象——妓女、婊子。你哥对他说,如果他真等不及,可以用继人类的脚,来给他一个交待。吉米抱怨说,他要的是后背,但查理不为所动。然后,既然我们都在场,那我们也不如各取所需来一发。就像群交一样,懂吗?每个人都有继人类的器官。奶子是我的,胳膊是兰尼的,脚是吉米的,而查理,完美的臀部是他的,对吧?"

我想起了阿尔芭的躯干,8-952-395-78-08-02,在卡萨尔山与我擦身而过。这怎么可能呢?

"然后呢?接下来怎样,米奇?"

他脸上露出色狼的笑容。那晚的记忆对他来说是享受,但听他讲述对我则是酷刑。他重揭那道伤口,那里永不停歇地流出悲伤。

"接下来,我们谁也不想放弃她。那妞有一副火辣的身材。手脚完美,大腿和奶子飘飘欲仙,还有一个蜜桃般的屁股。没有一个人想放弃,没有一个人。"

我哥哥是个刽子手。

我哥哥是个伪君子。

我哥指责我找到了阿尔芭的头,而他一直都保留着她的骨盆。

我对真相感到震惊,但还要笑着诱导米奇。

"不会吧，我才不信。你们都把她的部件拿回了家？当作战利品？"

我问得意有所指。

"其他人不敢说，但我是这样。我把它放在货车里，以备紧急之需。"

正中靶心！守护神从我背上冉冉升起。这次，我的笑容是真心的。我大笑，流下了刚才还在折磨我的眼泪。米奇和我一起大笑，他丝毫不觉得，我马上要在他身上拿到一个目标。

"她是不是有点老了？奶子一定皱巴巴的，下垂了吧！"

他伸出手指，滑入被单里，在金发美人发黄的乳头上捏了一下。

"嗯，是啊，揉了这么久，有点破了。不过换一双新的，要花上一条胳膊一条腿。明白吗？"

我拍拍他的背，提出我的许诺，以确保他发自内心感激我。真诚也可以如此虚假。"不是卖便宜给你，米奇。你在这里帮我，也让我帮帮你。我是个垃圾打捞工，我可以给你找一对新奶子。当然，不是第一手的，但比你现在的好。"

"真的吗？我操，太好了，"米奇口中唾沫横飞，"以后随时来玩，叫查理也来玩。"

"多谢，但我不经常看到查理，他也不常打电话了。他现在不住卡萨尔山了。不过，我要说，对于几乎是全新的乳房，有个条件。"

"说吧，伙计。"一条夸张的长蛇状黏液从他的左鼻孔里挂将出来，还没等它滴到衬衫上，他就以超凡的力气吸了回去。

"我得回收旧的，你懂的，这是公司的规定。一进一出。你知道规矩。"

他的眼神告诉我，我成功了。

"一进一出，一进一出，当然。我们都知道规矩，我这里也用这规矩！"

他嘎嘎笑着，显摆机智。亲爱的老米奇，他曾经潜入餐厅的厨房，把疥癣螨虫洒在食品储藏室；他曾经躲在葛藤园中，把红蚂蚁塞进源圣区女郎们的化妆包里取乐。

守护神展开翅膀，覆及我身，他的遮蔽是丰盛的赐福。一般来说，面对生活中的失望，人们会变得更加愤世嫉俗和懦弱，也许真是这样。对我则恰恰相反。

米奇有些狂热，我甚至敢问一些更荒唐的问题。

"我只要这人头，没必要带走整个人。行吗？"

"没问题，反正没人认领，你想知道她是谁吗？"

看她头皮上的疤痕隐隐可见，差不多已闭合，我判断她在三十到四十岁之间。

"不，不想知道。"

"好吧，给我五分钟，我帮你包装一下。"

他的眼中，闪耀着死骨帮时期远去的火焰。我看向别处。少倾，米奇举起取下的头颅，让血和其他液体流干净，然后把一条叠好的毛巾放在头颅下面，头颅停止滴水后，将它装在袋子里，递给我。

"很快就干了。"

对这笔交易很满意，米奇陪着我走到出口。我们沿着来时的路往回走，来到门房那里，他还在来回摇晃着椅子后腿，全神贯注地做他的填字游戏。从柜子里，我取出装着阿尔芭头颅的手提包，小心翼翼地不让米奇发现，把那无名女人的头颅也放了进去。

我们离开地窖，去停车场，在停尸房货车后面，我的视仪上出现了 RFID 标签。那里，用塑料包裹着的是阿尔芭的躯干。米奇递给我这第二块部件，他并不清楚它对我意味着什么。我的心，在无声无息的爆炸里绽开。

我们相互告别，拍着对方的背，我保证我会尽快带着一对大胸回来。我提起最后一件事，这时米奇已经一只脚踩上斜坡了。

"其他人现在咋样了，你知道吗？兰尼和吉米怎么样了？"

他吐出一口粗气，还好我站得远。

"该死的彼得……你非要毁了今天吗？这可不好，一点也不好。兰尼完了，发疯了。他们把他关进了布拉加庄。还记得我们以前常去狩猎动物的地方吗？那地方已经变成疗养院了。可怜的家伙，他的情况很糟糕。他什么都不记得了，什么人都不记得，只知道胡言乱语。糟糕的故事。"

他凝视了远方片刻，才继续说道：

"吉米和我失联了。最后一次见他是在垃圾地附近：他开着一辆闪闪发亮的车沿着皮卡洛达街行驶。我们都在等红灯，我透过他的车窗往里看，他几乎没认出我。他说他在镇上开了一家鞋店。他一定是对脚产生了迷恋……看样子是赚了一大堆钱。我给他留了电话号码，但他一直没联系我。随便吧！"

我挥手告别。

一下子，我就解决了三个问题。有了一颗头颅来替代阿尔芭，找到了第二个部件，甚至第三件。

在拉扎尔的苍穹下，我看到数以百计的火光。朝着北方，在卡利诺瓦的暗夜里，变化的风正在吹拂。闪电像巨大的蜘蛛从天而降，把世界照得如同白昼。

我骑上自行车，踏上回家的路，比从前任何时候都更坚定。

第十章　布拉加庄园

　　诺伯特和我正向东北方向的赤癣之地科尔卡德走去，这里的边缘被大片的基皮淹没。

　　在这里，很难分辨原木和倒下的屋梁、剧毒流泄的小溪和被污染的泥土中迸发的紫罗兰。不过，我能分辨出，这些山坡属于莫迪凯·布拉加曾经拥有的庄园。

　　有些地方在人们心中是邪恶的，所以他们避而远之。仅仅因为"疯人庄"躲过了基皮的侵袭，就使这座建筑散发出令人不安的气息。

　　经过杜雷尼科垃圾场和塞拉河的道路，已荒芜成零星几辆汽车的轮胎留下的车辙。诺伯特是卡萨尔山一伙人中，唯一愿意把我带到这里来，又等我回去的人——尽管我花了两K来换取人情。我从他那辆破车下来时，想起了小时候常听到的关于庄园的传言。

　　他们说，莫迪凯·布拉加是一位受人尊敬的绅士，一位毕生都在照顾别人的好医生。他也是一名精神科医生，一次疾病夺走了他的双腿后，他在家里接诊病人。他爱上了他的一个病人，一个因多年受到丈夫的羞辱（通常是性虐待）而患上严重精神病的女人。这女人一分为二：她声称自己是幸福的，很开心满足丈夫的欲望；而她正慢慢地绝食至死。

人们都说，布拉加医生为了救她而疯了。

有一天，他编造了一个借口，让病人和她的丈夫一起来到诊所。他冷静地向丈夫解释了女方的病因，总结说他认为诊疗很简单。然后，他一枪打爆了那人的脸，把他的尸体烧了，把灰烬撒在庄园的花园里。

那女人一直陪着医生，直到警察来到布拉加庄园的大门口。据说，之前他花了好几个星期堆砌路障，就是为了防止这情况发生。新闻报道说，他坚持抵抗了五小时。

警察终于强行闯入时，发现他正坐在桌前吃一片死肉。医生的脸上带着自我满足又痛苦至极的表情。他的最后一句话很清楚："她属于我，她现在是我的一部分了。"

三年后，莫迪凯·布拉加被执行了注射死刑。传说他的骨灰被撒在布拉加庄园的花园里，以免玷污洛邦尼公墓。从那一天起，人们开始称那里生长的荨麻为"恶之花"。有人在门边的墙上画了一幅壁画，画上荆棘密布，下面写着：

我们是生于垃圾堆的荨麻花

这当然都只是故事，道听途说，四处流传。不过有些倒是真的：布拉加庄园空置多年后，被政府没收了，变成了疗养院。

脑海中想着这些恐怖，我对着诺伯特藏身的灌木丛道别，沿着废墟花园墙外的一条小路蜿蜒而上。

黄昏降临，凹凸不平的地面满是阴影。刺人的荨麻叶似乎正是痛苦的前奏，从窗户里渗出。

在一楼的窗前，一个身影来回摇晃，旁边的男人正侧身以头撞墙。二楼一只瘦骨嶙峋的手向我挥动，三楼的阳台上，孤独的女人发出夜枭般的号叫。

"守护神的工作！为我跳舞吧，宝贝。"

"守护神的工作！守护神们出来了！"

我事先并无计划，但我猜兰尼会在楼上的房间里，那里关着比较危险的病人，既为了他们自身的安全，也为他人的安全着想。

如果说吉米是死骨帮的淫荡山羊、米奇是钩嘴秃鹫，那兰尼就是冷血爬行动物。当吉米还在犹豫是否要打击对手、米奇已经停下来喘息时，查理总选择让兰尼来结束任务。

庄园的候诊室里有一本打开的书，上面有一份病人名单。我随意翻着，想看看有没有认识的人。我注意到医生们写下了每个病人入院的病因。

在"入院原因"里有这样的描述：强迫性或破坏性的幻觉、孤儿、贫穷、好斗的性情、神经系统受损、系统性红斑狼疮、说谎狂、贫血和卟啉症、威尔逊甲状腺综合征、亨廷顿氏病、颞叶和顶叶病变、癫痫、药物滥用、痴呆、精神分裂症、反应性、周期性和产后精神病，以及妄想性谵妄。

我走到前台，看起来很无聊的护士正翻阅一本杂志。

"你好，我来探望兰尼·拉茨科。"

护士的胸牌上写着希拉的名字，她让我在访客登记簿上登记。上次布拉加庄园有访客是十个月前了。再之前，是两年以前。

希拉看了看簿子，告诉我在这个时间点兰纳德（兰尼的大名）通常在休息。

"不过你上去吧，他可能还没睡下。他刚刚吃过药了。313 室。"

"谢谢！"

不知道他们给兰尼用了什么药物，鸡尾酒疗法？要让他这样的人镇静下来可不容易。我记得他像眼镜蛇一样轻盈，像鳄鱼一样凶狠——这都是我在游戏球里和纪子一起准备冒险时，在《国家地理》上见过的动物。你可不能让兰尼停止，哪怕暂停一下都不行。他会一直战斗，直至受害者在死亡的挣扎中翻白眼，发出痛苦的呜咽。事后，我们不得不隔离他，否则他会在一星期内都无法接近、脾气暴躁。查理确信，他需要把他的电量完全耗尽，让他体内的酸性物质排出体外。我哥哥很了解他的混混们。

转入一条阴暗的走廊，我透过打开的窗户瞥见庄园后面的小花园。隔离墙的下面有许多栅栏，里面养着各种鸟类。我看一眼视仪，它告诉我那是孔雀、鸵鸟和鹧鹊，濒临灭绝的物种。这地方允许病人饲养小宠物——一些适合封闭豢养的动物。

没有什么东西能从这里出去，野兽和疯子都不行。所有的东西都被锁住，用栅栏围起来，通上电。唯一的出口就是我走过的路径。墙外两公里的范围外，是基皮的领地。这片土地缺乏生气，只有头上的云朵在空中掠过。

疯人的数量还在增长，不知道是因为基皮还是大都会的原因。疗养院如雨后春笋般涌现，你得是相当疯才能入院。就算是监狱，也会比这里好得多。

转身，我看到屏幕上伴着悠扬的叮当声宣布开饭。

18:30，晚餐时间。长期病房的病人，排好队。

不出五秒，大厅里就挤满了穿五颜六色衣服的人。睡衣推挤着运动服，摩擦着长袍。每个人都拿着塑料盘子、白色的碗和一包消毒塑料餐具。病人们聚集在一起，有零散的桌椅供他们坐下。他们落座后，喃喃低语很快被塑料刀叉碰撞盘子的声音掩盖。看起来更像幼儿园的饭堂，而非疯人院。

我不理他们，叫了电梯。一位老人走过来站在我旁边，他的头发全白，皮肤黝黑皲裂，拘束衣的扣带解开了，挂在臂膀上。

"我被人陷害了。"他对我说。

我没回话，不想鼓励他继续说。

"那婊子记者……陪审团只相信她，因为她很出名。"

我点点头。

"怎能把一个玩笑般的暗示，硬说成性骚扰呢？"

他的牙齿全黑乎乎的，要么断了，要么用金属补做了。这疯子紧紧贴着我，相当可怕，但他礼貌地让到一边，让我先进电梯。

"先生，你要上哪儿？我以前当过电梯管理员，这方面有一定经验。"

我干咽了一口，意识到自己是在和一位穿着拘束衣、扣带没扣的男子在一起。

"顶楼，来探访兰尼·拉茨科。"

尽管双手被缚在长袖中，老人还是用大饭店雇员一般的动作，在电梯的控制面板上操作着。

"哦，是的，年轻的兰尼，他没下来吃饭。他们在房间里喂他。"

紧张迫使我开口。

"后院里有很多动物，但不是猫，我还以为这地方全是猫。"

他摆出姿势，双臂叠在病服上。

"以前有，以前老鼠泛滥。现在是蚊子太多。"

"什么？"

"他们把带疟疾的蚊子放在盒子里，扎了很多洞，让蚊子的吻伸出来。发烧的时候，蚊子就陷入昏迷。每天昏迷，再醒来：醒来，昏迷，如此往复。但这能让它们得到控制，不会惹麻烦。"

我点头，仿佛这话很有道理。他的脸已被住在这里的时间毁掉了：皮肤被实验性治疗和刀伤损毁——是自我折磨，还是试图在死亡来临前逃离身体？

我没再问任何问题，只向等着我出去的老人点了点头表示感谢。电梯门关上后，我开始寻找 313 号房。

我希望兰尼还记得他的前世。

我希望他还记得我。

第十一章　兰尼和南希

　　兰尼·拉茨科的身体被绑在震颤器上。约束床上装着绑带，四周有铁环和栏杆，更像轮上的笼子，而不是床。我的想象力渐渐离我远去，想象着他被电击，撕扯着自己的肌肉。我几乎可以看到他对压制他的护士大喊大叫。

　　一想到他的遭遇，我就不寒而栗。谁知道他多么希望回到死骨帮的日子啊，那些和小伙伴一起喝酒，喝得醉醺醺的日子。我们都打趣说，他血液里的酒精分子是不是比他脑中的细胞还多。

　　兰尼要么是惊讶看到我，要么就是另一种反应——他下巴缓缓地垂到胸前。他右太阳穴上的一根静脉鼓动着，证实了他还活在人间，虽已接近于被归类为植物人的地步。

　　我走近床前，他用着魔的眼睛盯着我。他的瞳孔小得像针头一样，但还是没能掩饰目光的强烈。旁边病床上的病人看起来像被剥了皮一样，头被剃光了，没有鼻子。

"嗨，兰尼，能听到我说话吗？我不会问你怎么样。能不能开口，吱一声。"

他的肌腱衰弱无力，只能晃晃脑袋，以示同意。

"你不是……他们一伙的。"

我打算对兰尼开诚布公。

"不，我是彼得，查理的弟弟。死骨帮，还记得吗？"

他的嘴角弯成坚硬的表情，但这个表情很快就消失了。

"消灭基皮……消灭……基皮。"

"好家伙，兰尼，这就对了。说到基皮，你还记得那继人类女人的手臂吗？"

他坠入深渊，鼻孔翕张，恐惧笼罩着他。

"基皮是邪恶的。基皮在等着我们。我们必须牺牲。消灭基皮！艾恩预言过，艾恩知道一切。"

兰尼为什么在嘀咕艾恩？说的是同一个艾恩吗？

"你指谁，兰尼？"

他陷入了一种奇怪的僵硬症，没有间歇的永久性神志不清。现在，兰尼喘着气、愤恨地弯着脖子说："他们说，他能打败基皮，艾恩知道方法。"

"你怎么认识艾恩？"我问道，但兰尼的头动来动去。"艾恩在这里吗？"

"……这里，没错。"兰尼从牙齿间挤出话来，"在我之前……但是……他们还记得他。"

兰尼的脸色变黑了，浑身颤抖，不知道是吃药的缘故，还是意识的退潮。除了痉挛，他已经完全不能动弹了。

我从床头桌拿起托盘，给他看勺子。

"艾恩在这里吗？他去了哪里？"

兰尼朝右边努了努下巴，他旁边的床，空的。他又示意窗户。

"他逃了？跳出去了？你是说他逃走了吗？"

"他们说他飞……和基皮作对。他永远不是……基皮。"

"他把手臂带走了吗？告诉我，兰尼，继人类的手臂在哪里？"

"他们是基皮。所有的人都是。一切都是基皮。"

房间门口，一位灰白头发垂肩的女人从门外探出头来。

"如果你想知道的话，是我拿了兰尼那双手臂，先生。当然，只是暂借。他总说什么'一切都是基皮，一切都是基皮'，所以我以为他不想要了。"

看起来是位不错的老太太，说服她把手臂交给我应该不难。

"我不是先生，我叫彼得·佩恩。你知道它们在哪里？"

她调皮地笑了笑。

"是的，彼得·潘先生，不过你得来我房间，我没带在身上。"

兰尼赤裸的邻居用手肘支起身子尖叫。

"别害他！他和你无冤无仇，要是我能从这床上下来……你这老巫婆。"

老太太对我眨了眨眼。

"别听他的，他只是被嫉妒吞了的疯子。"

说完这句话她就消失了。兰尼睡着了，我们的谈话使他精疲力尽，再加上使他无法抵抗的药物。我留下他，跟她来到走廊上。她步行极快，几乎是趿着拖鞋滑行。每隔一段时间，她便转过头，向我招手。我希望她不是想带我把庄园游览一遍，最后把割断我的喉咙当成压轴戏。她在门边停下，摆了个姿势。

"到了，这是我房间。请进，先生。"

"我不是先生。"

"当然了，当然了……"她笑着说。

庄园的这一翼是为女性房客保留的。简单的房间布置得很庄重。

"我把它们塞在床底下，衣柜里放不进去。"

她弯下腰，左移，臀部悬空，直蹭到我的裤子上。

"就在这儿，等一下……"

她拖出一件大行李箱，重重地摔在床上，在旁边坐下来。她沉默不语，似乎在期待什么。

床头的上方挂着几张褪色的照片，是一个年轻女人跳钢管舞。地板上，我注意到有一双闪亮的靴子，另一双是舞鞋。

"可以看看吗？"

"就这么直接？没有前戏？我就喜欢这样……"

她解开了上衣，里面是黑色的紧身衣和吊袜带，将两个大乳房托起，至少是双 D 或双 E。

"很久没有人向我提这样的邀约了，我受宠若惊。"

"等一下，我不是这个意思，我就是想要手臂，兰尼的……"

她显然没有听进去。她打开箱子，拿出了一根橡胶阴茎。它是黑色的，长过手掌。里面还有其他物品：皮鞭、手铐、钢珠，还躺着一双臂膀，连接着阿尔芭优雅的双手。

"我以前很美，知道吗？是个舞者。他们说我从收银机里偷钱，其实与我无关，是那个怪物，我妈妈——她才是小偷。她总是嫉妒我。"她拉着我的手，把我拉向她。

她可能现在还不是基皮，但她的感觉也经差不多是了。被忽视的肉体，一团死肉。我为那些还没准备好就开始消逝的人感到怜惜。有一瞬我想道，阿尔芭上传自己时，是不是也是这年纪？

"很抱歉，但我不……我从来没做过这样的事。会被人看到的。"

她从上衣口袋里掏出一把钥匙，狡黠地笑了。

"我们女孩子有权拥有隐私。别担心其他事，甜甜的南希会照顾好你的。"

鬼知道这个"甜甜的南希"有什么本事？鬼知道她来这里做什么？最好是咬紧牙关，顺从。如果我推开她，她可能会尖叫或攻击我，引来护士和其他病号一起帮她。我把心思集中在阿尔芭的手臂上，毕竟只有这样才能取回它们。

"你可以闭上眼睛。我会处理好一切的。"

这是我工作的一部分，我告诉自己。这是我的使命。我是材料的打捞者，把希望施予被弃之物。我为堕落的有机物注入了生命。

我张开双臂，她拉开我的拉链。她用舌头舔湿嘴唇，她的双眼已经在想象着肉体的柔嫩，从中吸出一点点的温存，让她再次感受到生命的气息。南希张开双腿，我看到她那满是皱纹的肌肤，让我有些犹豫。但是，我一置身在那些松弛的褶皱之间，就好像已经插了进去。南希在我身下蠕动着，就像被荷尔蒙淹没了一样。

"好孩子！年轻、新鲜，像彼得·潘一样！"

我想到了阿尔芭，只想阿尔芭。

我理解那些渴望成为继人类的人。

我理解，冒着失去生命的危险，逃离堕落是值得的。生活是身体的囚徒，既不能承受欲望，也不能帮助渴望持久。

"是的，就这样……"

如果人类需要靠身体感受生命的存在，那么继人类又需要什么呢？他们有无机的身体，却用来满足和活人一样的需求。所以他们可以性交，可以做爱。他们会一直做到永远吗？

我的注意力从当下转移开去。我想象着与阿尔芭的未来。我感觉自己在漂浮，仿佛可以把自己发射到天空中，如同她垂死的眼睛里射出的那缕光芒。

她享受肾上腺素，我冥想。三分钟之后，我还很坚挺。毕竟二十岁在勃起方面还是有优势。

"你虽然瘦，但肌肉好。来吧，做个好孩子，再给我多点儿。"

　　我闭着眼睛点点头。这可不是我从疗养院的病号嘴里期望听到的话。

　　我问自己，我和阿尔芭会不会享受这种肉体上的快感，我们的接触会是机械的、电的、磁的还是量子的。

　　二十秒时间足够我把注意力从思想转移到行动上，将我的精液射进她干枯的身体。她送我一吻，仿佛我给了她世界上最珍贵的东西：几分钟的过去，另一维度的跳跃。

　　我从南希身上下来，后退一步。

　　"现在能把手臂给我了吗？"

　　我开始穿衣时，她像早先一样冲我微笑。她的皱纹看起来不那么深了。

　　"再来一次吧。我会教你一些令你发狂的本事。"

　　我不喜欢发狂。

　　我再次骑上她，她抱住我瘦骨嶙峋的臀部紧贴着她，几乎要了命。南希被激情冲昏了头脑。她的表情如此急迫，让我兴奋也鄙视自己。即使是她的香水味也让我分心，足以让我继续。我不再去想阿尔芭，这让我愤恨自己。我尽力不碰她，避开那羊皮纸一样的皮肤。我失去了节奏，睁开眼睛就看到手铐挂在床头柜上。南希呻吟着，迷失在色情电影的独白中，自我陶醉。

　　"好，填满我。我要你的棍棒！"

　　我靠在床边桌子旁，把她一只手铐锁在床板上。她的眼睛猛然睁开，看到我在做什么，兴奋地扭动着身子。

"哦，好啊！铐紧我！我要做你的俘虏……"

她没有猜到我的计划，直到第二个手铐铐在她手腕上，我从她身上抽出。

"你在干什么？你要去哪里？求你了，再来一次！"

当她意识到快乐已经结束，她开始骂人。

"我按你要求做了，"我说，"我得回家了。谢谢手臂，还有……其他的。"

我抓住阿尔芭的胳膊，塞进我的包里。离开房间时，我听到南希的啜泣声。我确认了她不能跟来，然后回到兰尼的房间跟他道别。他好久没动静了。他的大脑已经变成了一团糨糊，无法从幻觉中辨别真实。

"即使你听不懂我的话也没关系，我只想说我很遗憾。基皮并不都有害，并非一切都是基皮。我也认识一个叫艾恩的人，他也因为想着基皮夜不能寐。"

兰尼咕哝着："逆……转。"

看来我们说的是同一个人。艾恩以前也在疗养院吗？他是逃出来的吗？艾恩一直没有告诉我他的过去，部分原因可能是不记得了，也可能是不想说出来。也许他需要避免去想它，这样才能在疗养院外正常生活。

一滴亮蓝色的口水落在兰尼的围兜上。

"它们是……是我的。不是他们的……不是你的。"

他把头往后仰，眼睛闭得只留一条缝，精疲力竭。兰尼这只爬行动物的抵抗力现在比一只癞蛤蟆还弱。

我匆忙赶往电梯。甜甜的南希的哀号回荡在走廊的墙壁之间。我放弃了我的处子之身，只为得到阿尔芭的手臂。我在我的恐惧之墙上又刻了道印记。也许，某种程度上，经历这些恐怖的事让我成长。等她冷静下来，怒火消退后，她会带着甜蜜的回忆度过余生。

电梯朋友把我迎进电梯，将我送回一楼，在我离开时还鞠了一躬。我在离开登记册上签了字，沿着山脊往下走。

等到家后，我可以试着把阿尔芭的头和手臂连在她的躯干上。她可能还没活过来，但她正在成形——她的形状。鬼知道为了从吉米那里得到腿，或从查理那里得到骨盆，我会逼迫自己做什么。我能感觉到我的守护神站在我的上空，随着目标越来越近，它不断出现。

诺伯特的破旧汽车在门外等着，诺伯特靠在车门上抽着烟。他身旁地上的一堆烟头证明了我和南希的插曲把我的访问时间延长了多久。尽管我们看不清月亮，它被厚厚的云层遮蔽了，但月光还是从空中滴落。

我们走到花园尽头，最后一棵荨麻消失在水泥地里，一声号叫划开厚重的空气——

"彼得·潘啊！回来！带我一起走！"

她真的以为我是彼得·潘吗？

第十二章　逆转

几天后，我更了解艾恩·华顿了。

我要做的就是冒充学徒，于是他们让我重新分类逆转公司的档案。我在服务器上修改个人资料，打印了假名徽章，就混了进去。只要有点想象力，最牢固的门也会敞开。

将手臂长时间浸淫在垃圾堆里，使我了解了很多人。垃圾桶就像保险箱，里面装着人们以为会消失的秘密。通过统计扔掉的避孕套数量，你可以知道一对情侣之间做爱的频率；女孩的空香水瓶会告诉你，该送什么礼物给她；被丢弃的展览和演出门票会告诉你，约会时应带她去哪里；如果你把某人用过的所有化妆品都记下来，会发现他们的不安来自何处。

告诉我你扔掉的东西，我就会告诉你，你是谁。

把对的产品和对的人匹配起来，你就能找到合适的人帮忙。如果这个人不仅和我一样在垃圾场筛选垃圾，还刚好因为和极客杜根一样聪明所以在逆转公司的数据收集中心工作，那么我需要做的就是叫他私下里帮个小忙，下次在卡萨尔山值班我就还上这人情。

是人情，不是贿赂。是合法的你来我往，并非偷窃。他只需要从卡萨尔山发出临时调令，申请到杜雷尼科的档案馆重新整理回收数据。而我要做的一切，就是把艾恩被赶出去的那一年起的资料筛一遍。我把他丢失的记忆全部保存到了记忆水晶。

既然逆转公司中的员工都有权限获取文件，我不明白为什么要剥夺他的权利。信息就像物质一样，想要自由，这一点我很清楚，我就是信息。

逆转公司仿佛是专门用来处理垃圾的大教堂。它每天收集 50 万个桶垃圾，比 UCU 多得多。三千多个 UCU 散布在大都会六个垃圾场，每天收集九千堆垃圾。

总体来看，逆转公司代表了市民的懒惰——永远把垃圾扔在垃圾堆，任由垃圾打捞工筛取日益扩张的基皮中的价值。

出于职业习惯，我在楼道里翻了翻垃圾桶，也看了看澡堂里的垃圾袋里有什么，窥探了下外面的废料箱。

艾恩的计划上标明了每一处值得停留的地方。员工们容忍我筛检塑料、罐头、包装和容器。内心深处，他们很乐意让别人来处理他们不需要的东西。

等我完成了所有区域的搜查后，我停下来，在休息区的自动售货机里买了一杯咖啡。别人的日常，对我们这些垃圾打捞工来讲，仍然是一种难得的奢侈。

我们经常从废弃的塑料杯中收集咖啡温热的细流。我享受着这一刻的奢侈，把思绪投向了艾恩。也许他是在为正义的信念而战，也许逆转公司同样如此。他被关在疯人院里，真如他个人档案里所说的，是"预防措施"吗？

艾恩对基皮的痴迷，已成魔怔。这种狂热，对他的实验室同事，对他自己，都很危险。档案中的标注说，他对基皮即将占领一切感到不安，并以此来折磨其他员工，坚持认为公司应采取行动，对抗垃圾的扩散。他是如此斩钉截铁，以至于每次有人敢反驳他的理论，他都会情绪失控。

所有以他的名字注册的发明，都不出意外是为了应对以上的现象：一种太空电梯，可将基皮送入三万六千公里外地球同步轨道上的废料堆；反臭氧孢子，由微型太阳能电池板组成；一种纳米分子单元，可射入平流层收集氯化合物，其设想是将其分离后重新组合成氯化钠，也就是盐。当钠用完了，孢子就会内爆，落回地面，最后剩下的就是一粒粒无害的盐——它可以生物降解废物，打造更干净的平流层。

然后，我发现了让我感兴趣的东西——一个阿奎桑净化水壶，即使最脏的水也能被它净化。市面上最好的净水器只能过滤到两百纳米，但最小的细菌只有这个尺寸的一半左右，微小的病毒则能直接滑过。而阿奎桑过滤器的孔径只有十五纳米，即使污染最严重的水源，也能用它提取出适合饮用的水。

我一定要问问艾恩他是否制造成了。这样的水壶可让我在不合适的时间省去许多不必要的歇工。

也许摧毁基皮的任务真把艾恩逼疯了。也许他们把他的记忆抹去，是为了拯救他。也许和许多人一样，他迷恋上自己的疯狂，因前路明朗，而忽略了自己所冒的风险。

不过现在，他只想拿回被取走的东西。以我的情况，怎么可能不理解他和他的痛苦，我怎会不愿意帮助他、不愿意迁就他？

记得多年前他说过："难以抗拒梦想，无法抵挡欲望。"

不知道是否是我们的欲望使我们害怕。但没有渴求，人又怎会快乐呢？

我扔掉塑料杯，像进门时一样神不知鬼不觉，从逆转公司的总部走出来。

阳光少见地照耀着城市。我很是惬意，于是慢慢地踩着踏板。阳光会给每个人带来一点快乐、一点温暖，从继人类到卡萨尔山最贫贱的流浪汉——意识到这种情况会一再发生，我几乎泪流满面。

沿着路特华里街骑行，我来到了绿塔的建筑工地。这里现在是巨大的露天挖掘工地，几个月后将会变成巨型住宅。区内的全息图展示了空中花园、太阳能墙、移动屋廊、飞行码头，以及所有最先进的家庭自动化系统技术。

是时候把好消息告诉艾恩了。他期盼我一有消息就给他电话。

"彼得！怎么样？成功了吗？"

"是的，你所有的记忆都在我包里。我在回卡萨尔山的路上。我先回一趟家，然后就去找你。"

我转身进入皮卡洛达街，数千家商店的橱窗涌来，上面挂满了演员们的 3D 面孔，邀请市民们试用商品，还有包装成礼品的旋转飞盘图片。

"好消息。我要挂断了，再联络。"

视仪挂断了电话。我的远程通信都靠垃圾堆里找到的一次性视仪的丁点儿信用支付。

悬浮式汽车、机动摩托车、大巴车、悬浮式航空器和飞机制造的熙熙攘攘的景象令人眩迷。我淡出全景，只留下芯片和回收信息的背光影像。我查看全球回收价目表、各种分类目录、东方便宜货，以及最重要的——巴比伦餐厅的菜单。从这家快餐店的垃圾中我品尝到世界各地的美味佳肴。这是我最喜欢的垃圾桶。

从里佐马和艾斯帕拉出来的东西首先被转移到源圣区，接着是到雷恩。然后，价值定律开始发挥作用。在这里，可再利用的物品的价格，相当于卖家收到的待清除材料的存货价值（SV）减去清除服务费用（RS）。清除服务费用是付给垃圾打捞工的。

$$SV - RS = V$$

这是通用公式。更多的时候是采用定额费率，在这种情况下，对物品的直觉性估价胜过客观评估。按这个推理，任何事物，经过一段时间，都最终属于我。

议价又议价，打折又打折，二十分钟后我终于来到了垃圾地。在这里，也只有在这里，任何东西的价值都像反向拍卖会一样；一件物品的价格会随着时间的推移而下跌，直到有人同意购买。今天我来这里，不是来讨价还价的。我什么都不需要，我径直穿过葛藤园，从那儿去了艾恩家。

我到的时候艾恩不见踪影。

我扫描了这片区域。此处生命的躁动似乎都平息了，连那头野猪也不见了。RFID 追踪器发出呼叫，除了奇怪的标签和零星的代码闪烁着响应，什么也没发现。所有材料都无声无息，成为基皮。证明这一点，只需要测量 MIPS（每秒百万指令数，Million Instructions Per Second）。如果它不思考，它就不会真正地工作或生活，仅是积在垃圾堆里的垃圾。

"艾恩！你躲到哪里去了？"

我大喊。一旁的地上是我的欲望之袋：四块阿尔芭，作为交换，艾恩要将它们拼凑在一起。

我坐在一个旧箱子上耐心等待。我看到他打老远从山坡上走下来，肩上扛着的东西压弯了他的腰。

用视仪拉近，我看到艾恩的头发油腻腻的，像铁矿石一样乌黑，他的嘴因为负担太重而咧着。有那么一会儿，我担心我的好朋友艾恩真是逃跑的疯子，对基皮痴迷的疯子——我需要的疯子。他看到了我，立刻欣喜起来，招手让我过去帮他。那是一根近四米的长杆，在他走动时，危险地晃动着。我跑过去，抬起一端。

"这东西你要来干吗？"

我抓起长杆的一端，我的钽之力让艾恩松了口气。他直起身子，不确定地看着我。

"我也不知道。直觉告诉我，是好东西。"

艾恩和他混乱的记忆力，艾恩和他错乱的语法！一旦我把文件给他，他就会恢复到以前的样子，或者说，无论如何也要比现在的他更像他自己。

即使没有记忆，艾恩也不至于愚笨到赋予物体不应有的价值。一定是有什么秘密与这根长杆有关。

"一切都顺利吧？"艾恩问我。

我能听到"臭先生"到处乱拱，在垃圾堆里找寻令人作呕的东西。

"是的，我把它带来了。也把阿尔芭的部件带来了。"

我们走近艾恩的小屋，把杆子放下了。他突然跪倒在地，我看到他的袜子在他瘦骨嶙峋的脚踝上打了褶。他穿的是别人的破鞋。

"把它给我，彼得。我现在必须知道。"

我把水晶递给他，他站起身来，匆匆忙忙地进了屋子。我一人走完了最后一段路。

下载水晶的内容之前，艾恩粗糙的手指迟疑了一下。他挠了挠头，喃喃自语道："混蛋，基皮遍地都是，你却什么都不做。"

他让我想起了兰尼，以及他们共有的激情。但在他解放自己的关键期，提起这话题不合适。我坐下来，想看看艾恩是否会设法吞下他的药，取回那部分他渴望的旧的自己。

艾恩在拖延，把水壶放在火炉上烧开。

"孩子，谢谢你了。我不知道要花多长时间。水烧好了，泡茶，茶包在架子上。"

我点点头，也把包里的部件取出来，在地上摆开：最上面是头，下面是躯干，两边是手臂。

艾恩正襟危坐，仿佛要表演一场魔法仪式，只是他这个巫师不记得自己到底是谁，也不知道要做什么。如果顺利，他所有失去的记忆都会像洪水般脑波泛滥。如果不顺利，我就得小心翼翼地问话，用伎俩引导出来。

"来吧，艾恩，下载水晶。"

艾恩在颤抖，但我心里却充满了期待。我的未来就靠他了。视仪在快进模式下滴滴作响。然后，艾恩进入了往昔，我看不出他有任何回过神来的迹象，直到他的头撞在桌子上，野猪重哼了一声。

茶水泡了好久了。现在我和艾恩知道的一样多了，但只有他知道如何使用公式和脑海中的方程。在我看来，它们只是神秘的鬼画符和涂鸦。

他的双手紧紧按着太阳穴，仿佛在努力压制大量的数据和记忆，以免大脑爆炸。

"不喝茶，我要来一杯！"艾恩站起身来，抓起药瓶。他打开瓶子，把至少半瓶药倒进了喉咙里。

"好多了……彼得，我敢肯定，我们的身份并不存在于身体的某个特定部位。逆转公司的那帮人在实验上载人类，但他们还没成功，你明白吗？它双向可逆，甚至可以外部下载到人体！"

他松弛的嘴唇抿紧，露出灿烂的笑容。

"听听你现在的话！"我感叹道，但艾恩对自己语言能力的提升并不感兴趣，他更感兴趣的是重新探索自己。

"你觉得去除身体的多少器官，我们仍是自己？"

如果说艾恩以前难懂，现在则是遥不可及了。他更多地是在自言自语，而不是对我说话。

"你认为，把心灵安装入长久的容器，我们还能是自己吗？"

这问题，他应该问阿尔芭。这问题，她选择传送灵魂的时候，一定是用"是"来回答的。

"来听听这故事。这是关于一艘名叫忒修斯之船的故事。古希腊英雄忒修斯乘坐的这艘船，历经许多年，各部件逐渐损坏，被新部件取代。当原船的所有部件都被替换后，人们才意识到这其实是一艘新船，尽管它看起来和以前一样。那么问题来了：它到底还是不是忒修斯之船？换句话说：如果改变了身份的实质，而不改变它的形状，它还是原来的东西吗？还是仅仅相似而已？现在试着把这个悖论套用到人身上，随着时间的变化，他看起来仍然是同一个人。"

"我正希望如此。"

我把我心爱的头颅递给他。当我这样做的时候，我无法压抑自己的恐惧。艾恩那狰狞的手指在阿尔芭光滑的皮肤上留下油腻的痕迹。

"我可以试着把她重新装起来。但要让她复活是另一回事。首先，我需要她的其他部件。然后我必须找出办法让她重新启动，并且假设她会和以前一样。"

"你什么意思？"

从他的凳子下面，艾恩取出一个生锈的工具箱。他分析了断裂的电缆、破碎的接缝和阿尔芭关节破损的边缘，动作就像一个法医病理学家。

我知道她并不痛。但是，她的头被转过来的声音仍令我惊恐，我又想起那晚查理把她的头从她的身体上拧下来的场景。艾恩没给我时间沉溺于自责。

"事实上，上传过程中创造了两个阿尔芭：母本和副本。我不知道你遇到的是哪一个，但如果我们设法唤醒她，她最多就是五年前的阿尔芭，五年前毁掉的阿尔芭。"

他焊接好连接处，用临时的垫片重新连接好关节，先将一只手固定在她的躯干上，再固定好另一只手。她肩膀上卷曲的疤痕宛如有花纹的罩衫。

"你是说这不是真正的阿尔芭？"

我的眼睛精光闪闪，比周遭闪耀。

"是也不是。这可能是真正的阿尔芭，完美复制原版的阿尔芭，但也可能不是——这种情况下，新阿尔芭应被视为另一个人。还有第三种可能性，阿尔芭可能还是原主人的完美拷贝，而随着时间的流逝，新阿尔芭渐渐变了。"

一群海鸥从起伏的垃圾山丘陵中升起。骨架式的翅膀使它们看起来像蝙蝠。它们飞行的轨迹整齐而紧凑，变化多端。我五内沸腾，我不知道该把这归咎于糟糕的预感还是突然需要排泄。

"彼得，听我说，第三种理论基于模糊逻辑，是布尔逻辑的延伸。根据这个理论，真理只有部分真假之分。当阿尔芭被复制时，原来的阿尔芭和她的副本阿尔芭 A，是同一个人。但随着时间的推移，副本会变得越来越不像过去的阿尔芭。这种相似度的降低，就像你和我变得与年轻时的自己不同一样。阿尔芭和阿尔芭 A 起初是一样的，因为直到复制的那一天，她们都有相同的过去。从那一刻起，她们的历史就走上了不同的道路——她们持续地改变，变成不同的人。"

"所以她们唯一的相同点，就是她们有相同的经验？"

"没错，这要看时间，而不是看人。在这一点上，动物、人类、继人类和人工智能都是一样的。"

"那为什么那么多人把继人类当成基皮？"

阿尔芭脖子上的电线，也就是她的神经末梢，即将连接到头部，那里的接合产生情绪。当艾恩把两根线碰触到一起时，有东西在震动，产生了火花。

"对他们来说，继人类并不是生物。他们认为，可以根据事物是否属于自然判断其好坏。他们错了！我见过很坏的自然界生物——肠道寄生虫、饥荒、小儿麻痹症；而我也见过同样坏的人造物：车祸、炸弹……基皮。"

阿尔芭的头重新连接到她的脖子上。滚滚雷声预示着恶劣天气即将到来，是很久没有遇到过的恶劣天气。臭先生在地面上磨蹭，令我心绪更坏。

"如果继人类不是副本，那又是什么？"

艾恩抬起眼睛，望着满地的碎屑和残骸。工作室暴露在恶劣的天气下不堪一击。

"想想生殖吧！受孕并不会把我们转移到另一个人身上，而是从父母的基因中创造出另一个正在成长的生命。同样地，上传创造了新生命，只不过它也从有机物中产生了一个脱离了有机物的生物，这是进化进程中第一次的例外。生命不仅是有机的。对许多人来说，这可能是不可理喻的，但这是事实，就像智慧不只属于人一样。有人认为一旦继人类的数量超过了人类，人类必然会经历巨大的动摇，那是一种偏见。除了智人之外，还会有继人类。当那一天来临，没有人会怀疑人类的本质。当那一天来临，继人类是不是母体的完美延续已经不再重要。"

我把阿尔芭的躯干抱在胸前。真正的幸福并非出自经历，而是来自你的想象。阿尔芭洋溢着美丽，此刻正散发着永恒的味道。我能感觉到守护神在满足地笑着，因为我的脸色涨红起来。

"数据传输是怎样进行的？"

他赶忙把工具收拾到工具盒里。

"这不属于我的领域——尽管分子物理学是纳米工程的分支。我似乎回忆起一些神经元替换的事情。"

我帮艾恩把他的工具放回工作间。如果暴风雨袭击卡萨尔山这部分，谁知道他又会把家搬到哪里？

"数以百万计的纳米机器人进入大脑，将自己安装在神经元旁边。每一个都会记录下自己那个神经元的活动，直到它能够理解神经元是如何工作，能够预测其反应。然后，纳米机器人就会破坏神经元，取而代之。一段时间后，整个大脑都在人工神经元上运行了。人工神经元将数据传输到外部计算机上，得到一个可安装到另一个容器里的副本——像其他任何软件一样。"

艾恩沿着房屋结构的边缘拧紧螺栓，确保它能抵挡住飓风的袭击。然后，他又把临时的窗户——用喷灯在房子两边切出来的——的螺栓也拧紧了。

"在外面某处，阿尔芭的原始软件还在吗？"

"所以呢？那是一个你从未遇见的阿尔芭。你找她做什么？"

我的包太小了，装不下重装起来的阿尔芭。

"你有大一点的包吗，艾恩？"

他的脸转向天空。他的避难所太脆弱，根本无法与天地之力抗衡。每隔一段时间，附近沟渠里的积水就会在雷声滚滚时震起阵阵涟漪。

"我去地窖，你把手推车拿去吧！用完马上把它带回来——我需要它。暴风雨一结束，我就必须回到地面上。秃鹰和豺狼已经在准备捕猎了。"

"我会像风一样飞翔。我把自行车留给你。"

我们把臭先生从它的铁链上松开，把阿尔芭放进手推车里，用亮晶晶的油布盖住她。

时间一分一秒地过去了。天空中布满了浓密的乌云，随着暴风雨逼近，咆哮的狂风压得越来越低。我觉得自己像随雨水泛滥直下的基皮，在暴风雨的威胁面前毫无抵抗之力。我和基皮，全都暴露在更壮观的伟力之下。

艾恩踩着自行车躲进地下通道，野猪在他身边跑，而我开始推着手推车下山。在卡萨尔山外的每个人都在找地方躲避。街上的乞丐和街头小贩像老鼠一样消失在裂罅中。

北边靠近沃利森的方向，我看到了可怕的景象。巨大的闪电在夜间大火的烟雾中闪过。龙卷风腾空而起，在地平线上高高耸立，形成黑色的基皮旋涡。第一股风向我们袭来，宣告世界末日的来临。

第十三章　秘密地窖

　　艾恩的手推车让我获得了宝贵的时间。我不时看看身后，重新计算风暴的位置。

　　回到家，我把手推车固定在栅栏上，扛着我的包袱溜进屋里。厨房里，克莉奥忙着和查理说话，他正在进行每周一次的礼节性拜访。我无法不引起他们的注意而通过。在他们听到声响之前，我退了回去，去一个没人常去的地方。人们把自己没勇气让渡给基皮的东西存放在这里。

　　我们家住在一栋公寓楼的地下一层，这层被靠捡拾可回收物品为生的人占据了。这里没有人付房租，所有的住所都非法，水电都偷用能付钱的人家的。我们用的电，是查理在我们小时候用一个分流器接到电线上偷来的。中央炉灶不用煤气或煤，而用我们从拉扎尔的食品加工厂买来的谷壳作为燃料。光线则通过本地人安装的复杂的天窗和镜子照射进来。这么多年来一直如此。

我们下方是地窖，由立柱撑起来的地下二层，经常涌出污水，是充满了城市垃圾的地下泻湖。

这地方令我想起了我和纪子的一次郊游。那是在湄公河三角洲上的乌明森林，只是那儿是改造过的红树林，不是密集的贫民窟。童年时，我和查理就会在水面上打水漂。他瞄得准，我总是犯错。如果他用尖尖的石头，总能击晕和抓住在阴暗处洄游的生物。

每一个盘踞此地的家庭，都在廊柱之间占据了一块区域。小小的隔间从水面上升起，装了板框作为地基，墙体用现成的木板钉在一起。跳过一块块砖石铺成的小路，我走到一扇门前，门上写着"佩恩"。

钥匙在门锁上吱吱作响，里面的空间挤得满满当当。这么多年来，我和克莉奥、查理把所有的东西都塞在这里。到处都是纪念品和回忆：佩恩家族的档案。

我四处寻找可以藏匿阿尔芭的地方。我翻过盒子、老式唱片机、古董收音机、几台显像管电视，还有那辆婴儿车——我们曾坐在里面访亲问友，先是查理，然后是我。

抬眼望去，是我的收藏品：九个盒子，里面装着几千个贝壳。我不知道这些贝壳怎么出现在卡萨尔山，但我很喜欢它们，一直在收集；它们旁边则是我的玻璃雪球，天知道从哪里捡来的；此外还有装满幸运曲奇纸条的袋子。我打开，掏出一张纸条：

理智和爱情鱼死网破。

我皱起眉，想要一张不同的。我又翻找了一遍，直到有了信心，读了起来。

你若全力以赴，会有贵人相助。

好多了。我把它放进口袋，把阿尔芭放平在地上，露出她的头。她脸颊上散落的雀斑令我动心。我的所作所为，应该给她一个解释。

"只是暂时的。一旦可以，我就带你上楼。我只要让查理相信，我已把你毁了就好。"

她那镇定的目光充满魅力，我很想亲吻她，但一想到暴风雨的侵袭，我就有点着急。我再次盖住她，将一切放回原位，关上灯离开。

走快点，我还能赶上风暴壮观的景象，我可以在游戏球里的摄像机上欣赏。我花了十五分钟的时间，背着二十三公斤的包袱来到这里；返回只要一半时间。

沿着阿克伦河的河岸奔跑，我的刨爪和手推车的车轮在每一次的颠簸中嘎嘎作响。旁边是肆无忌惮奔腾的河水，带着一波又一波的垃圾、折断的树枝和轮胎。几声凄厉的 RFID 信号传到了我的视

126

仪上，它们从漂浮的一团中发出的响应声，让我边跑边分心。我好不容易压抑住自己对剩余价值的迷恋。因为分心，我差点被绊倒。空的手推车让我很难控制方向。

我听到卡萨尔山的警笛，还有远处那些街区的警笛：大都会正在停转以防御风暴，警告居民们注意即将到来的危险。

我在狂风怒号中奔跑，只能听而不闻。漏斗状的旋涡在艾斯帕拉的上空飞舞，以极快的速度向绿塔方向飞去，扫过保护里佐马的穹顶。我从来没见过这么多大气灾害同时向大都会袭来。

我极力让健康的腿跟上另一只刨爪的速度。我的步态滑稽如漫画。

我转身跑向卡萨尔山方向，一些戴风帽的路人劝我不要再去。我没有理会他们，钽臂加大力气抓住手推车，转向风中。进入峡谷二十米，到了地下掩体的入口，我用脚踹门，艾恩把门打开了一条缝。在他身后，我瞥见隧道的金属管与灰色的淤泥从上面落下，浓浓的大都会的酸水直接滴落进地里。

我用艾恩的手推车换回我的自行车，然后转身骑着自行车全速下山。风就在我身后，好像要把我掀起来，推我离开。

赶在暴风前面两公里，我骑车在被堵住的汽车和绝望的行人之间来回穿梭。

又来了一个警报，这似乎是我的守护神发出的信号。当我转入琉璃街时，一道闪电将空气刺得血红。一阵震耳欲聋的声响紧随其后，我没有注意到天穹牌牛仔裤的广告牌着火了。直到它上半部分，印着模特儿烧焦的脸，就在我的前面掉了下来，迫使我急转弯躲开。

我无法继续前行——自行车车架轻巧，无法对抗汹涌的水势。瓢泼而下的雨水伴随巨大的权形闪电，轰隆隆的雷声渐次西去。我气喘吁吁，全身都湿了，急忙到楼外的公交车候车亭里躲避。

风暴开始转向，肆虐着源圣区，向雷恩冲去。本能地，我抓住棚架上的金属条。风吹来，它的结构吱呀作响。塑料品在哀怨，但还是守住了。

我抓紧，钽臂将我固定在金属格栅上。低下视线保护眼睛，我看到自己站在天窗上。一道微弱的光亮从底下透出来。我更仔细地看，看到查理跪在克莉奥的身边，而克莉奥正躺在地板上。不知怎的，我正好降落到了我们地窖储藏室的正上方，也就是我几分钟前才离开的那房间。他们旁边躺着阿尔芭的上半身，几分钟前我才把她的上半身藏起来。

我身后一道闪电将我扭曲的影子投射在他们身上。移动的手臂使我的影子倾斜，我看到妈妈手里拿着一块记忆水晶。我的眼睛睁大了，脑子里胡乱猜想着。会不会，如果不是这一场大雨，我就不会被发现？会不会，如果不是这阴沉的天空诱发了克莉奥的忧郁，她就不会觉得有必要翻出以前的家庭录像，使自己振作起来，并试图找到力量，使她能更积极些，凝聚起整个家庭？在她的身边还有另一件物品，良久我才认出。我哥哥赶紧又用床单把它盖住，但我已经看到了它光滑圆润的轮廓，知道这是阿尔芭的骨盆，也就是查理那天晚上在卡萨尔山拿走的那块。

顿悟像从天而降的闪电，一瞬间击中了我。哥哥把阿尔芭的骨盆放在地窖里，方便他每次来，都可以把他的棍棒插进去。

这次撞见，一定让克莉奥大吃一惊。我几乎可以看到她亲眼发现查理这些年来一直藏在那里的东西时的惊恐。我几乎可以听到，当她意识到她的大儿子为什么会经常下到地窖时凄惨的哭声。

我的视仪怎么从来没有检测过我家附近？即使我去了储藏室，也从没提示过。难道查理每次都是从家里带着骨盆来的吗？

我和米奇花了那么多的时间，为了弄一个人头好骗过查理。我还打算辛辛苦苦弄一对假乳，保证送给他。多浪费！

这就是我哥哥查理！只顾自己享乐，从不关怀他人。所不同的是，他不会随便搞人，他一直背着我，插了阿尔芭整整五年！

我回想从前，陡然意识到，我曾听见他从格栅外传来的喘息声。我肯定往下看过好几次，但在没有信号的情况下，没理由怀疑他在做这种事。他年轻时为了安抚他的魔鬼而欺压别人、犯罪，甚至杀人。如今他三十岁了，完全没变，只是找到了一种新方式来发泄。

一定早在几年前，他就知道了我收集阿尔芭碎片的计划，也一定想方设法把标签去除，令我无法完成任务。也许他只用了锡纸来阻挡 RFID 信号，就像我用同样的方法把她的头藏在衣柜里一样。

我哥哥是骗子。

我哥哥是性变态。

我哥哥是混蛋。

如果能听到他们在说什么，我的大脑一定会停止眩晕。查理必然会试图说服克莉奥，栽赃说这些碎片都是我的，性变态是我，而且只有我，说我从不听他的话，保留着头颅和骨盆，满足我的淫欲。

我妈的嘴唇动了动；她似乎想说话。我想走到她身边，向她保证一切都会好起来的，为查理的指责而辩护。

查理提高嗓门，大到我足以听见："妈妈，回答呀！我去叫救护车。"

她向后晕倒，明显失去了知觉。查理抱起她，走出地窖。

如果救护人员像他们平时那样对待没有保险的人，我最好得有个 B 计划。也许我可以卖血给他们，好让他们尽快将她送医院。

不过，我得先帮助阿尔芭：等我确定查理和克莉奥回到楼上，我就蹑手蹑脚地下到地窖。我飞快地用钽臂收起阿尔芭的上半身，另一只手抓住骨盆。接着我看到了水晶：我要知道上面是什么。我一触摸它就激活了，我看到了暴击我妈的真相。

查理自拍了一出全息影像，他正在操一块塑料。这就是我哥，既要做主角，又想当观众。

接着是一声长长的充满快感的呻吟，他掏出自己的家伙，拿在手上把玩。他兴致勃发，看起来似乎就要晕厥了。

剩下的不用看了，有水晶在手，将来会是有用的证据，或者当成交易筹码。我急着要走，灯也没关。

让查理绞尽脑汁猜想到底发生了什么事。让他去想，谁匆匆拿走了这些。

我的狂喜仅持续到楼梯尽头。

"彼得！你他妈以为你能去哪儿？"

如果我没浪费时间去看那块水晶，现在就不会站在雨中，被查理挡住去路。

他和我有同样瑰丽的想法——要把地窖那几块阿尔芭带走。他不假思索，把克莉奥一个人留在了外面，我能听到远处有急救的警笛声朝这边传来。

他从楼梯上走下来，我们面对面，我努力站直。面对面，我们都知道把我们相互连在一起的秘密：阿尔芭将我们一刀两断。

我站在这地方，脸色阴沉而痛苦，嘴唇紧闭，眼睛蒙上了一层阴影。没有人会想到，我生平第一次很享受这感觉。钽臂抓着的阿尔芭的一块，给了我勇气：现在只剩下她的腿了。除非查理打断我的腿，否则谁也别想抢走阿尔芭。查理所有的幸福都从幻想中得来，幻想他妻子给不了的东西。而我，幸福则来自复活多年前被他亲手夺走的东西。

查理逼近了，我脸色变了。一道闪电使我眼前一黑，像电笼笼罩住我们。没再下雨了，也没有时间做别的事，除了顺应本能。一声呜咽从我的内心升起，变成痛苦的风暴。

我呼唤着我的守护神，但这次它没有回应。

第十四章 两个人的阿尔芭

不再只是痛苦——多年来郁结的怨恨溃烂了，使我如鲠在喉，这腐烂的肿瘤使我再也难以容忍查理的出现。

我一动不动，发现自己浑身充满了连这场大雨都无法稀释的酸楚。

气温下降，鸡皮疙瘩遍布我的皮肤。

查理的眉毛、鼻子和耳朵上滴着水，像个幽灵。雨滴在他剃光了的头皮和肩膀上弹跳，将他笼罩在一层细细的朦胧雾气中，仿佛身披铠甲。他虽紧张，但不敢轻举妄动，他并不清楚我在地窖到底看见了什么。

罪证确凿，而且就提在我手里：一直坚信属于我的半边身子，以及刚刚重现的盆骨。

"这就是你朝思暮想的灵魂吗？"

查理湿漉漉的衬衫紧紧贴着他，勾勒出肌肉的轮廓。

"是的，你藏在地窖里的东西。"我想补充，"这几年来你一直在操的东西！把妈妈吓倒的东西！"但我忍住了，且看下底线。

"你又违抗我……"

我没理会这指责。

"克莉奥怎样了？"

"我抱她去床上了。我还以为你会更关心她，而不是这妞的碎片，看来我错了。"

"我也以为你是来拜访我们的……没想到你拜访的是这个。"我把骨盆抬起来。8-952-395-78-08-01是头部，尾数02是躯干，03是手臂，05应该是双腿。我到现在都没收到骨盆的标签04。

一阵猛烈的风刮过，阿尔芭在我手中摇晃。我把这解释为另一个信号，阿尔芭在提醒我，查理是她的屠夫、她的施虐者，不管死前还是死后。既然她不能亲自报仇，阿尔芭在请求借助我的双手实现目标。

我必须动摇他，否则他就会像往常一样欺凌我。我要让自己显得软弱，显得那么可怜，不值得他动手。但现在我丝毫不觉得低他一头，现在我很难装作仰仗他的鼻息。

"你要对我怎样？"

"丢下继人类，一切都是它的错。我会处理好的，看你连这都处理不好。"

来了。我的脸变得通红。刨爪在颤抖。逃跑还是战斗？

"是啊，好，你要怎么处理好这些，像你处理骨盆那样吗？"

查理猛呼出一口气，吹掉了鼻尖的雨水。他深深地吸了口气，鼻孔翕张，向前跃起击打我。我向后退了一步，只差一寸。我们再次面对面。

"你变快了，排骨精。"

我的心卡在了嗓子眼里，便秘感加重了。查理身后传来阵阵雷声，似乎让他的威胁更可怕了。

"妈妈可不高兴，你就这样把她扔在那里等死。得了，放下这妞，都结束了。"

他还在尽力让我觉得自己是个忘恩负义的孩子，幼稚而可悲。但这还没完，才刚刚开始。

"就是你把她折磨成这样。她看到了你的所作所为，别想把责任推到我身上。"

他停下脚步，意识到我全看到了，我已经看过了水晶。

"你还是那个偷窥狂，不是吗？你没胆量自己动手，就偷窥那些动手的人。"

他猛地向前冲，扼住我的脖子，又把我往后一推，我摔倒在地上。查理不停地击打我的脸，我喘着粗气。我在他身下拱起膝盖，用刨爪蓄力，对着他的胸口用力猛地一顶，把他顶出去。他落在两米外，撞击的疼痛使他呜咽不止。

我五脏的温度升得很高，以致呼出来的气息在我面前凝结成怒云。我吐出雨水，带着铬、氯和水银的味道。几条街区之外，救护车的警笛越来越响。

"别惹我生气，小弟，我也是为你打算。"他喜欢扮演父亲的角色，喜欢替别人做决定，也喜欢裁决别人。

"至少我没操过一块塑料。"

"不，你爱上了它，这要糟得多。只有知道自己在做啥，你才可以使用那块塑料。而你根本不知道。得了，你一定要明白，这是疯狂。"

爱上了一块塑料。这就是他对我的理解：一个痴迷的疯子。像艾恩，为了人们的福音而被拔掉记忆；像兰尼，被基皮逼得发狂。这些神经病让我们成为英雄、圣人，还是仅仅是个疯子？

"阿尔芭活着，只是不能和我交流……"

童年时，查理教我如何保护自己。大家都欺负我，因为我太瘦了。在学校里，他们偷我的午餐，我宁愿饿着肚子也不去反抗。我从来没有告诉过查理，因为他会把大家都打一顿，而我就会像一只黄鼠狼，哭着跑去找他的大哥哥求着报仇。

我习惯忍气吞声，如同现在。时间会吸收一切。我记得查理经常骂我的那句话："如果你想不受别人打扰，就得让他们看看你的本事。对任何侵犯，双倍奉还。"

我放下阿尔芭的部件，站起来。我的口中唾液已干，但我的膀胱还憋着。我的视仪提醒我，我身体的生物测定紊乱，但我自觉还活着，并准备好行动了。肾上腺素弥满全身。

"这才对，彼得，你懂我是对的。我们回去看看妈妈怎么样了吧！"

我让他走近捡拾阿尔芭。与其说害怕，其实是查理把我气到极点。有些人打架，知道如何使用愤怒。我不知道自己能不能做到，但当他转身背对我，我用钽臂握紧拳头，猛击而出。刨爪助我一跃而起，砰的一声，四个钢制的指节刺入了他的脖子。我能感觉到他的脊梁断裂开来，金属战胜了肉体。

查理的脖子不自然地弯曲，他倒在地上。我俯下身子，把他翻过来。我几乎要哭了。他在笑。

"白痴，你永远也摆脱不了那该死的残渣了。"

我浑身发抖，仿佛他对我下了诅咒。我感觉到体内热气氤氲。反击他，反击我，反击这荒谬。

"去你妈的，查理。"

他晕倒了。

我抱起阿尔芭，往屋里跑，我要把她留在我房间。时间还够，我吞咽的雨水还没开始报复我。人们不应该在大都会的雨水中耽搁太久。我的五脏收缩，但是来不及了，一道灯光闪过，警笛声停了。我匆忙冲到外面。

救护员架着担架来抬查理。

"不是他，"我喊道，"她在床上！"

我俯身在毫无意识的查理旁，五脏再也收不住了。我拉了一裤子，又吐出胃液，一条长虫在液体中沉湎。

经历了一分钟痛苦的抽筋后，两个护士上楼来了，捂住鼻子抵御臭味。

"很抱歉。这位女士突发心脏病，是致命的。"

他们不是训练有素的护士，但我们也只能找到这些。如果我家住在里佐马或艾斯帕拉，他们会把我母亲的血液置换成冰冷的生理盐水，使她陷入假死状态，悬置她大脑的活动。接着，他们会把她送到帕皮隆医院进行适当的治疗，把新的血液输回静脉。

两人之一正用力把克莉奥装上救护车。

"医生，能不能为她做点什么？"

另一人在检查查理的情况。

"做不了。你能在这些文件上签字吗？"

我不在乎了。不关心他们，也不关心我。

救护车上的两人之一让我帮他搬运两具身体到车上，一死一活。我拒绝了。他一直盯着我，然后叫人支援。只是他没有叫更多的医护，而是叫了警察。

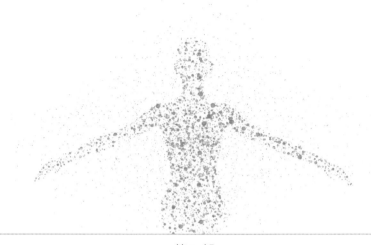

第三部

成年 · 2055 年

如果我们不把有限的宇宙看成更大的无限图景的一部分，我们在有限的宇宙中所见的一切，就会显得既不无法理解，也充满不和谐。无限图景未知，并不代表我们能否认其存在。连科学也需要梦想。

——恩尼奥 · 德 · 吉奥尔吉 [1]

[1] 恩尼奥·德·吉奥尔吉（Ennio De Giorgi, 1928-1996），意大利著名数学家。

第十五章　生活在一处

清晨六点，洗衣机的嘎吱声把我吵醒。它一定是被故意安排在此时启动的，真的很烦。再没有用比冲洗和转圈更恼人的方式洗净你的美梦了。

我把自己锁在卫生间，从一个镂空底部的抽屉里掏出烟草和卷烟纸。这是我唯一自由自在的地方，可以靠在这里，享受金属手指间片刻的快感。我一边吸着自由的烟雾，一边吐出烟圈，任由思绪飘荡，任由香烟燃烧殆尽，直到热度传到我突触肌中的感应器。

我看着镜中的自己。我的眼睛又黑又暗，就像塞进口袋里的烟头。镜子告诉我，三十秒后，抽风机就会完成换气，我就可以离开卫生间，不用担心被发现。

我从我的秘密角落里取出一管十毫升的干净尿液，倒进马桶里。那是昨晚我喝酒之前的小便，我留着它用来骗过厕所的感应器。

我的另一个报应在厨房等着我，我一开门，冰箱就开始警告我。

"不准再吃甜，你在节食。"它用轻蔑的嘎吱声命令我。

"听着，我没心情争论。"

"直到成功减肥、胆固醇下降之前，你不能再吃高热量的食物。"

"滚你的。"我回答。

"侮辱我没用，都是为你好。"

鸡蛋被锁在小隔间，只在纪子的声音响起时才会打开。除了搁在架上的那块不含可可的无糖巧克力棒之外，什么都没有。

我躺在客厅的沙发上，喝了一口无乳糖牛奶，缓解宿醉。纪子的仿生乌鸦假装尊重我的隐私，自顾自地叫着，但我很确定它们在记录着我的一举一动。

它们是我岳母英子送给她女儿的礼物。表面上看，目的是扩大我们家的监控范围，实际上也包括监视我。

"彼得，要是你起来了，能不能给我弄杯咖啡？"

纪子醒了。我每天早上翻看日历，日历显示今天是 2055 年 10 月 31 日。我们共同生活了七年之久。

我给咖啡机输入指令：半杯咖啡，加四分之一杯含乳糖牛奶，不加糖。

"没问题，纪子，正在做。"

纪子一片好意，她说她是"为我自己着想"。我很感谢她交了罚款，让我在九个月后出狱，而不是二十四个月。由于和查理争吵，我被指控为有预谋地伤害我哥哥。查理被送进医院，脊椎骨骨折、脑震荡、脖子扭伤。在我出狱前很久，他就出院了。他拿走了阿尔芭所有的部件。就像在游戏球里依靠行贿才让我们离开玻利维亚时那样，在现实生活中，纪子也帮我摆脱了困境。

她的慷慨和百折不挠，曾俘虏了我一阵。感激和负罪感迫使我和她在游戏球外见面。她取代克莉奥，成为我身边唯一有血有肉的女性。

她为我付了许多赎金，而我连1K都无法还给她。纪子坚持和我生活在一起，展开一段真正的感情。她还坚持说，她不想再做虚拟伴侣了，那是我少年时所沉迷的精神存续。

卧室里一把椅子在移动，柜子的门吱呀作响，她的一包旧丝袜被推到一旁。她在用梳子梳头，白色牛仔短裤的拉链"滋"的一声拉上。我认得她发出的每一种声响。

"彼得，你记得定房间了吗？昨晚我把行李收拾好了，我在穿衣，你去拿下来吧？"

纪子和我共同经历了一切，从破旧的小船到豪华轿车，我们乘坐各种交通工具，游遍了世界。但不管游戏的世界多么包罗万象，在游戏世界里，我们闻不到彼此，不能牵手，也未曾凝视对方的眼睛。我们从未尝过对方的甜蜜，感受彼此的温暖。

"咖啡煮好了，来吧！"

"谢谢，我还在找东西……再等一分钟。"

第一次见到纪子真人，是在洛邦尼监狱的铁窗里。那地方建在北方下水道网中的一段，之前一直被废弃，直到有人想出改造成监狱这聪明的主意。从人之废物到人之废物。

我的牢房是个发霉的洞穴，床是一堆纸板和包装物。在我那无可救药的幼稚中，我相信自己是一个囚犯，正在经历像《生活与被生活II》那样的冒险。

当纪子走进探访室洞穴，我注意到她和拟身一模一样，当时这似乎是个好兆头。尽管现实也如同拟身，能遮蔽不愉快的惊奇，但我不知道还有谁能帮我凑齐 400K 保释金，而我需要离开这里。

一看就知道她很失望。后来我才知道，她也很狡猾。

有关她的事情，虚拟代理告诉我的很有限。我有权通过网络摄像头观察她，但这丝毫不能揭开她温和的眼神和心不在焉的目光背后的神秘。我花了很长时间才发现她隐藏在外表之下的秘密。

我知道，纪子并没有父亲：英子一直想当母亲，不管有没有丈夫。英子在切除子宫的手术和拥有孩子之间摇摆不定，最后她决定用自己的 DNA 植入一个卵子。之后她卖掉了房子，从富裕的源圣区搬到了中产阶级的雷恩区。有了这笔钱，她要给当妈妈的自己更好的条件去抚养孩子。

纪子寒鸦般的黑发衬托着扁平的脸庞，她的外表充满了威严，只是有些青春痘的疤痕。她青春期的这些迹象，本应引起我的怀疑，然而，她近乎乳白的苍白，总让人联想到一个献祭的处女，这让我内心有些悸动。

她处理我白痴般的麻烦时表现出的耐心，似乎表明了她对感情的重视。我在欺骗自己，或者说我们在欺骗对方。

"彼得，我找不到沙滩巾了。知道在哪儿吗？"

我只得从沙发上站起来，翻检印有她名字首字母的洗漱包，她把它留在了走廊上。

"我不知道，那些东西是你在收拾。你到处找过了吗？"

"找了，它们可不会答应一声。"

我知道她想让我做什么，于是我回到厨房，在烤面包机里放了一片面包。

我被哥哥毁了，再次失去阿尔芭，没有了克莉奥的支持。这些年来，我所有的雄心都渐次消失。克莉奥的死让我倍感脆弱，但也给了我一个很好的借口，让我做一些在正常情况下我会觉得草率甚至粗暴鲁莽的事情。

我就是这样自欺欺人的。

而纪子，一直以来，她都知道自己想要的是什么，并且发现我在待价而沽：一个无路可走的男人。不知道在救我出狱时，她是否已经看到了她一直在等的丈夫。

我曾经也知道自己想要什么，但我的情况是，命运——或者说是查理——给了我想要的一切，然后立即收回。

"我当然没有把它们扔掉，它们还是三手的，也许就在地窖里。"

我就知道她会这么说。

我还住在阿克伦河畔的那间房子里。但自从克莉奥死后，我只下过一次地窖，那还是我刚出狱的时候。在下面看了看四周，满是苦恼和垃圾，实在让我深感受伤。纪子知道这一点，但不知道为什么，她喜欢看我能忍受到什么程度。

克莉奥安息在蒙都尔公墓，查理在那里为她租了一个多媒体墓地。我和查理只是为了悼念母亲，才在给她的坟前留花时，偶尔相互说几个字。

我的沉默向纪子透露了焦虑。也许她也在通过乌鸦的眼球摄像机观察着我，正在考虑她的下一步行动。

"那么，你要下楼去吗？我们需要那些沙滩巾……你不会是打算用浴巾吧？"

我们现实中的感情刚开始时，我觉得有人照顾我很正常。我就像完全不懂方程的要素，想知道有没有人知道真正的爱情公式。

我们做爱的时候，她说出一些我听不懂的语言，听起来像中文咒语，直到我把视仪上的翻译 App 设置成实时运行，才明白那是高潮的喜悦。

内啡肽曾经令我——令我们——心情大好。被化学反应所吸引，我们两人都无法相信，我们所有的爱都在那里，且只在那里，只在荷尔蒙的一阵痉挛里。

"听着，我在吃早餐，你不能去吗？"

我拿起吐司；上面刻着我的首字母，纪子喜欢一切都有迹可循，确保一切变化尽在掌握之中。

"我得化完妆啊！你订了酒店吧？别这样，彼得，你不是有病吧？"

年轻时，别人说我爱着一个死物。而现在，我甚至不知道自己是否真正关心应该关心的人。

这种情况的糟糕之处在于，不知不觉中，我们都已经陷入了两个平行的宇宙，永远不会相遇，甚至在床上也不会相交。

我放纵自己夜间的偶尔自渎，天知道她诉诸何种方式刺激自己。我们的婚姻从同谋开始，渐成极简的对话。

纪子又招呼我，我顺从了，但步伐缓慢。我没有下楼，而是走到楼道外，那里有两个金属展架，上面摆放着五颜六色的衣服。我们的邻居，三个越南女人——在她们的公寓里经营着一家纺织作坊，不间断地缝纫，为源圣区的商店橱窗生产礼服与和服。

我徘徊在楼房入口，拖延时间。

纪子要想让我下到地下室，她得给我准备的时间。就像我在那等着她，而她拿维基镜自娱自乐。在那上面，她可以花上几小时和闺蜜们分享照片。

站在门口，我凝视着破败的地平线，那里有一层肥腻的基皮。

大都会的富人区每人每天会产生四公斤垃圾。基皮不断增长，从内部攻击一切，从溢出的垃圾桶里、从下水道和垃圾堆里爬出来，越来越逼近城市建筑群。

在垃圾场交到朋友是常事，就像我和艾恩一样。你能通过人们扔掉和收集的物品来认识和辨别他们。你今天扔掉了什么罐子？你从垃圾堆里挑了什么衣服？你会从那本发霉的旧册子中选择什么假期？

没有人再感到羞耻了，不像克莉奥年轻时。恰恰相反，这行为是"共享逻辑"的一部分。分享是我们首选的生存工具，而关于基皮的信息交换，也不亚于商业。当你意识到，你是影响所有人的现象的一部分时，这种情况就会发生。人人如此，除了继人类。

这就是地球的新脂肪：覆盖着的工业分子的一层能量，压缩成非自然过度消费主义的垃圾场。

不知是不是因为纪子过于纤小，这油腻的全景图让我感觉好些。

也不知是不是因为纪子喜欢气雾剂香水和湿巾，我已无法忍受鲜花图片，和那些刺激我鼻腔的可怕的蒸馏气味。

打开视仪，我把数据流重新连线。弹出的窗口开始提供现实的信息。令人震惊的新闻公告、各种商品的最新评级、最残酷犯罪的统计数字，统统交织在一起。我对这一切视而不见。一切都不值得关注，哪怕分毫。

我打开链接，在水世界订了两张带伞的沙滩椅。

今天是万圣节，也是我们的结婚纪念日，纪子想在泳池里游泳庆祝，尽管实时视频让游泳池看起来更像旁边堆了些沙子的一个碗。

我受不了水，天热得让我出汗。这可能与童年时代的恐惧感有关，害怕在尴尬的情况下丢脸。

另一方面，用被化学污染的污垢，来污染用化学方式净化的水，那得多妙啊！

我把厚重的长袍拉得更紧了。秋风努比亚①在我的腿上轻拂着，渐吹渐紧，我的腿也越来越麻木。远处，一抹摇曳的光芒照耀着维米伦的城郊。晨雾浓得无法穿透，我不得不使用变焦功能，试图捕获细节。

多年前，大都会中心的垃圾曾经被运到北边的卡利诺瓦、西边的科尔奇德和南边的维米伦郊区。这种"吸脂手术"本来是艾斯帕拉和里佐马城的手段，以保护自己免受消费主义的灾难后果。

这过程最初是出于对美的本能向往，但后来却变成了不自然的过程，变成了一种膨胀的、几乎畸形的大都会仪式。由于没人在意，情况变得愈加糟糕。到最后，基皮开始从天空中发起攻击，有毒的物质和像在焚烧炉里锻烧过的金属纷纷落下。地面上沸腾起毒水

---

① 努比亚（Nubrea），作者杜撰的秋风名。

泡，从中渗出了浑浊污物。它沿着最无法抵抗的路径持续扩散，我们被它包围了，基皮从未停止过扩张脚步。

在这围城中，纪子只顾着让自己奢侈地游个泳。当我转身时，她正站在大厅。

"你还在这儿？找两条沙滩巾要多少时间。快去吧，我去拿些食物。"

这是借口。她只想用食物来强调一下她用来折磨我的节食计划。七年时间里，我的腰围增加了五英寸，我已经从皮包骨头变成了一头肥猪。

"我正要下楼去，只是先呼吸下新鲜空气。"

纪子回屋去了。

奇怪的是，她把我排除在所有家务事的决定权之外，竟在沙滩巾这种"关键"的事情上急于征求我的意见。一定是因为今天是我们的结婚纪念日。

我不能再从她身上得到任何快感，无论是看她还是抚摸她。

等她走到门口，纪子叫道："快点，没时间了。"她的声音高亢，仿佛吃了一肚子的氦气。

走到地窖，我发现很难走进门。我会撞到填满每一个角落的每一件物品和箱子。不知道母亲下楼回忆我们的过去时，是否也有这样的感觉。这里的每一样东西，都承载着我们家某个成员的意义。

这地方现在也装满了纪子的物品，我必须在对我来说毫无意义的记忆中偷偷地扎根。她在这堆纪念品上强加的秩序让我无法组织我的思想、集中我的念头。没有其他地方能像这地窖一样让我感到沮丧。

我挣扎着穿过包装箱的路障，在视仪的一角，我看到里面装的东西。新物品争夺着我的注意力，闪烁的光标标示它们的存在，而老物件则靠边站。

厚厚的灰尘覆盖着经年的污垢，在层层的表面上长成活生生的皮肤。我握紧了拳头，深吸一口气，以平息怒火。我讨厌伪装成霉菌的基皮。纪子用她所有的积蓄换取我的自由，现在又无耻地霸占了家用器具。有时，我觉得自己只是她众多饰品中的一件。

我没有寻找沙滩巾，而是开始寻找没有标签的东西，那些安静的袋子和箱子、所有那些必须要拆开和触摸才能唤醒和交流的物件。就像我们小时候，通过发现来学习才是唯一能体验事物的方法，才能满足我们的好奇心。

我收藏的酒瓶依旧摆在一组架子上，酒瓶里装满了空气，除了空气，什么都没有。不知道为什么，这让我想起了阿尔芭。每年生日，我都要往上叠一个酒瓶。那是二十五年的个人档案。从2028年到2053年左右。前两年我停了下来。

在我对面，一整个木制衣柜静静立着，沉默无语。它是有三扇门的木匠遗作，如果没记错的话，在地窖的柱子之间的墙砌起来之前，查理和我就把它搬到了这里。里面的镀铬栏杆上，挂着一排我不熟悉的外套。小小的尺寸和经典的款式让我确信它们不属于查理——他讨厌复古时尚。它们也不可能是克莉奥的，风格太男性化了。

"彼得！快点！别逼我下来！"纪子喊道。

她的喊声似乎激活了我体内的自动程序。

"我在这里，我来了……我正在设定搜索设置。"

我在 RFID 数据里输入"袋 + 沙滩巾"，并将其送入视仪处理。角落里的金色袋子立刻闪耀着代码。我抓起它，把门锁在身后。

出了门，我松了一口气，但面对着楼梯，我还是满脸怅然。那些外套会不会属于我父亲？这念头让我有些茫然。母亲为什么会留着它们？这就是那可怕的一天，她下地窖的真正原因吗？

我像梦游的人一样心不在焉，把袋子扔给了纪子，她惊讶地瞪着我。

"你还没穿好衣服吗？我已经准备好了。"

我用我最认真的表情撒谎："听着，我觉得自己感染了病毒。我不想冒着失去控制的危险……你懂的，在泳池里。"

纪子爆发出一阵狂笑，边笑边发出了一声号叫，她的嘴张开了，鼻子皱起来，眼睛变成了一条缝，她耸起肩，双手攥着肚子来回摇晃着。

"彼得，你让我笑死了……"

"不，真的。你去吧——我已经订好地方了。打电话给闺蜜，送她一份万圣节的礼物。"

纪子的脸顿时垮了下来。她仍试图维持我们婚姻的框架，可惜的是基础消失了。

我很难责怪她对我投来的鄙夷不屑的眼神；我也不能责怪她，当她冰冷的双唇与我相交，她再不敢把舌头伸进她看不到的地方。

第十六章　蒙都尔公墓

第二天下班时，我决定去看望母亲。

去地铁的路上，我一路为克莉奥收集生长在卡萨尔山的基皮中的鲜花。我发现了某种奇怪的植物——这附近极少自然生长的植物，于是弯下腰扫描它。网上说它叫芸香草，我用尽全身的钽之力才把它连根拔起。

我没有园艺才能，但我想送给拉沙的妈妈，这是一份挺好的礼物，她肯定能打理好。

地铁 L1 线在里佐马放下我，我在那里换乘 L3 线，去往南边的瓦玛克站。

车厢里，我在靠近车门的地方坐下来，取下视仪。我突然意识到，我是唯一这样做的人。我们生活的世界已经被频率、电波和激光束重新设计了。我们通过网络对数据交叉检查，对四十米范围内的每一个光点进行评估。在我们的处理能力和每个人设定的隐私限制内，测量每个人的一切细节。

当我的目光与另一位乘客相遇时，我真正在做的是识别他们购买的品牌和型号、他们展示的公共个性、他们在社交互动中使用的拟身。

车窗上飘动的反光，迫使我把视仪戴回原位。

瓦玛克站外面，空气依然潮湿。在桑阿蒙公路远处，蒙哥湖静谧深重。蒙哥湖是人造水体，如今清减到像一大口痰。

湖中唯一的生命体是一种在湖底生长的紫色刺藻。蒙哥湖方圆数十米内，泥土已干裂。这提醒我需要补水了。偶尔，我还受那老问题困扰，即使艾恩的阿奎桑净化水壶是个奇迹——它让我至少有四小时的自由时间，不用担心离家和厕所太远。

腐烂物的恶臭，像胶粘物一样在湖面上弥漫开来，飘散在空气中，浓烈得让我即便很饥饿也没有食欲。

我走到一个水坑边，收集了半瓶我几乎不敢定义为水的液体，慢慢地把它倒入过滤器，使劲地摇了五六下，取出内胆喝了一口清澈纯净的水。我清理了一下外边的容器，现在里面全是污垢，并在我的视仪上记下向艾恩索要新的过滤器。我屏住呼吸，直到离蒙哥湖足够远，再也闻不到它的臭味为止。

通往蒙都尔的一公里长路，我得穿过数百辆汽车的残骸。它们排成一排，一动不动，哪儿也去不了。

墓园的入口很容易辨认，覆盖墓碑的柱顶，有一些石像鬼在看守，柱子上布满死亡的涂鸦。人们更喜欢涂鸦的表达方式，而不是平庸的墓志铭。蒙都尔的边界被延伸至空中的标志所界定。

生者与生者同在，死者与死者同在。没有必要重复这句话，因为背着喷气式背包的工人们正在更换千米高的广告牌，告诉每一个抬头看的人，死后可以获得心灵下载服务。广告词基本都这样：

现在购买，生活在另一个世界。

墓园里，我的脚步声在铺砌的地板上回荡，刨爪的步伐声在墙间回响。拱形的天花板下面一片空旷，刨爪的回声让人心神不宁。最近一次翻新把天花板修得无比高远。问询台后站着名叫提瑞斯的老人，一排电梯上上下下，通往各个楼层。视线所及之处，人行道连接着巨大而又寂静的蜂巢。

最难的事情不是与死人交流，而是像克莉奥还活着一样和她聊天。我试着摆脱内疚的感觉，以及对往事无法挽回的愧疚。

阿尔芭，克莉奥，都死了。

查理在其中编织着他的黏网。

自从我更新了克莉奥的坟墓的功能后，我来这儿的次数多了一些，但还是没那么频繁。最新的科技让我找回了与母亲的部分联系。这笔钱花得值，不仅是感情上，而且今天有更实际的用途——我可以问她问题，她也可以回答我。

"你好，提瑞斯先生，我来看望佩恩夫人。"

蒙都尔与其说是公墓，不如说是档案馆。这里的芯片和标签比蜡烛和鲜花还多，逝者的陈列品和纪念碑一样多。这里将人的一生归档，为后人永存。

"你是小儿子吧？令堂跟我说起过你。她是位好太太，但又那么伤心。""我知道。我们有一些……家庭问题。"

"来到这里的人应该能够安息。我们已经尽力了，但有些事情就是无法抹去。从前总将阴影投射到未来……对不起，我说得太过分了。请验证身份。"

我不知道提瑞斯到底是不是人类。蒙都尔是进入永生的第一步，但其复杂程度远远低于继人类。继人类的身体配备了比人类更发达的感官接口，能享受到快乐。

我已经发现了有关他们的交感设备的一切。他们的听觉、嗅觉、味觉和触觉，不止由单一感官体验形成，而是在某种程度上共同作用的。所有的感觉汇聚在一起，让继人类过着超越碳基生物的生活。相比之下，我的假肢如同苍白的漫画。

我在 RFID 阅读器下扫描我钽爪的背部。提瑞斯照例检查了下，他身后高耸的鸟筑里飞来飞去的鹦鹉确认一切正常。

"系统告诉我，令堂已搬到 229 楼。我们正做一些维修工作。下次你来，她会回到原处。"

鹦鹉通知完，飞走了，而其他的鸟群则向鸟筑聚集，等待下次召唤。

"谢谢你，提瑞斯。229 楼，多少号？"

"1552 号。在走廊尽头。"

母亲的离去，像一场噩梦盘旋在这里。我把她黑匣子里的所有音视频资料转移到一个太平间拟身里，代表克莉奥。这就是我现在与数字化母亲进行互动的方式。她是佩恩家族中的第一位幸存者。

在 1552 号前，我打开墓室的显示屏，将鲜花放入花瓶，在对面的沙发上坐下来。

"妈，您好。"

克莉奥若还活着，应该八十岁了。她的全息图显示她正值四十岁的盛年。

"很高兴见到你，彼得。你怎么样？"

"很好。你不会相信，我在节食。"

这句话让拟身大吃一惊，过了一会儿，它才琢磨出合适的回答。

"真的吗？你真没事？"

调试人没凭空增加内容，但我注意到她这一次的即兴发挥更聪明了。仿真软件正在进化，也许某天它甚至可以让她转世。

"是的。我来问你一件事。"死人也许不能看到未来，但他们肯定能记住过去。我有一些问题，只有母亲才能回答："在地窖里，我发现了几件旧外套，挂在衣柜里。你有印象吗？它们是谁的？"

157

我给她看那件有疑问的外套，我把它放在包里带来了。拟身扫描了一下，几秒钟后，就投射出了一段记忆。

克莉奥坐在沙发上，抱着一个哭闹的婴儿。我认出了那条婴儿毯子，孩子就是我。在她的身后，我可以看到一个瘦小的男人的身影。他的身上有一种疲惫的气息。他像个鬼魂一样，梳着背头，眼睛睁得大大的，茫然地看着这一幕。

他这么可怜是被我的叫声和哭声弄的吗？这是父母不可能忽视的声音。我的号叫声是如此震耳欲聋，如此强烈，如此绝望，以至于我的手开始颤抖。哭声听起来就像一个失灵的压缩机。录音的音量已经接近九十分贝，视仪警告我，噪音已接近危险程度。

旁边的拟身们被噪音搅扰了。

"嘿，你，佩恩，小声点儿！"

"我们是在这安息！"

"无赖，对死人尊重一点！"

经过几小时的煎熬，我的父亲一定成了废人。从他脸上狰狞的表情可以看出，我的尖叫声一定直达了他身体最脆弱的地方。看起来，那些频率仿佛在他所有的器官里回荡，让它们一起共振而痛苦。就是它让我的父亲在不经意间发现自己不知不觉已经无法再忍受我的存在了吗？这就是他离开的原因吗？为什么在熬过了第一个儿子的压力之后，第二个儿子却要了他的命？

我只能猜想是我用哭声把他赶走了。这也许对我不公平，但有时无辜的人也会有罪过。

"你为什么要这样对我，彼得？这段记忆有爱，但也很痛苦。你没看到我现在是什么状态吗？"克莉奥说。

"我并不想伤害你，只是想确定一些事情。"

"什么？"

如果我试图掩饰痛苦，克莉奥可能会指责我不爱她了；如果我不克制自己的悲伤，我就会显得很软弱。我就会再一次成为那个没有自制力的孩子。

"我想知道我的未来。"

"你的未来？从你父亲的衣服里得来？"

"不是从外套，而是因为您把它们当作纪念品，就像我对……"

我陡然停下，在脑海里大骂自己粗心。我看到她的眉毛扬起来了。她虽然是假扮成克莉奥的拟身，但我看到她的眉毛扬起来了。

"……对你。"

"哦，彼得，你真好。是的，那是你爸爸的外套。"

即使我执着愚蠢，我和母亲、和芸芸众生相比，也并无不同。如果我真的疯了，那也没关系。我的执念与其他任何人的执念并无不同。他们把自己的生命献给了更大的图景，就像敢死队和艾恩的消防员。

克莉奥的拟身又勾出另一段家庭记忆。

"你还记得我为什么叫你彼得吗？因为我想让你永远和我在

一起。"

看着全息图中的克莉奥——墓碑上的数据碎片——我心碎了，我肩膀颤抖，泪水滂沱。她想让我如同彼得·潘，但是像我们这样的姓氏，几乎注定了我们会有不同的命运。

然后，我听到走廊上传来脚步声。我在任何地方都能认出那脚步声的节奏。我转过身来，看着查理穿着锃亮的黑鞋和剪裁得体的西装走过来。他也来探望克莉奥。至少在 11 月 1 日，万圣节这个缅怀死者的日子里，他还记得自己是佩恩家族的一员。

我很高兴自己采取了预防措施：上衣口袋里有一把刀；夹克里面，胸前绑着厚厚的一沓杂志，用来保护自己。

"好久不见了，老弟。"

"嗨，查理。还好吗？"

我们间的紧张气氛能使空气电离。我保持沉默，紧盯住母亲。查理走到坟前俯身，从架子上的花瓶里取出我那已经略为枯萎的花，换上他的一束带着露水的白玫瑰。他买得起克莉奥的最爱。

"很好，我只是来打个招呼。乔和孩子们都在等我。"

我用湿漉漉的手掌在裤子上擦了擦。

"她在听。你如果要说话，现在就可以打招呼了。"

查理一惊，向后退了一步。

"彼得，你在搞什么鬼？又是你新的馊主意？"

"不，我只是更新了软件。它不仅仅是多媒体，也是交互式的，

160

可以从经验中学习。它基本上是个觉得自己是克莉奥的拟身。”

他有些疑惑，母亲和他说话时，他很困扰。

“谢谢你，查理。你真是太好了。你应该感谢弟弟这份礼物。现在我们终于可以一起聊天了。这不是很妙吗？”

我已经想象得到我哥脑子里在想什么了。如果说查理把阿尔芭当成了一张光盘，上面记录着声音，那么克莉奥一定像是从来世召唤回来的幽灵。

“嗯，不可思议。”

他的脸微微变色。惊吓让他的嚣张气焰消退了。

“听着，妈妈，这东西……你真能听到我说话吗？”

他向我投来严厉的眼神，一瞬间，一连串几乎令人震惊的生物识别值显示出我马上就要不好受了。这些数据来自我上衣和裤子上的传感器。由于没有保险，我连一丝一毫的网上保障都没有。我知道我陷入了危险，但没有人会来救我。

“这不会是另一个诡计吧，彼得？又是你的愚蠢计划？”

“不，查理，别这么说。我听得很清楚。现在告诉我你怎么样？小汤米和丽莎，还有乔，他们怎么样了？”

查理不知所措。他一直盯着我看，仿佛我毁了他的快乐。原本他用一束花就能安抚他的良知，现在他不得不把时间和口水，浪费在这上面——对他来说这一定是一种静态的腐物。

“他们很好。孩子们在沃里森的一所学校学习，正常学校。乔出了点家庭小事故，手被烧伤了，不太严重。我被提拔到逆转公司的垃圾硬件部。我现在负责分析电子垃圾，这对我来说是个很大的提拔。"

他的姿势很不自然，他矜持的身体往后靠，似乎害怕全息仪会向他发射，把他拖进数据空间。

"你真的没听说过这种葬礼服务吗？"克莉奥问道。

他脖颈间的血管跳动。血液循环加快说明他的怒气在燃烧。

"当然听说过，不过我以为是视频记录，我是说，像你这样的甚至看不出……"

"我就是，亲爱的查理——我死了，但不要害怕。这也是我。以我来看，我们两个世界的藩篱只真正存在于心灵。每次看到你俩，我就这么觉得。但现在，你们要好好相处，明白吗？"

我看见查理吞咽了下。

"好吧，老妈，我知道了。孩子们在等我，乔也让我快点。"

他转身，打算离去。

"你为什么不带他们来？我也想见他们，你从来没带来过。"

"好吧，我不知道，这东西……"

是查理太吃惊了，还是他真的害怕克莉奥的拟身？就像他畏惧阿尔芭的头颅。

阿尔芭的鬼魂回来了，夹在我和一切事情之间。我不能让这幽灵从过去回来，再次蛊惑我。如果我的未来命中注定会一如往昔，那么我得尽可能地利用这次和查理的会面。即使他没留着碎片，他也一定知道在哪儿。

"妈妈，我也走了，我很快回来，离圣诞不远了。"

"好吧，孩子们，你们有自己的事要做，我明白。我接着休息，常来看我，让我尽可能抱抱你们。"

克莉奥尽可能张开双臂，好像在拥抱我们。要有点想象力，我几乎都信了。

这是第一次我和查理一起离开墓园。其他时候，我总会和克莉奥多待一会儿，而查理则用他的家庭作为借口，匆匆离去。

一旦我们离开母亲的保护光环，他立刻转了脸色。他一脸厌恶。

"你是故意的！是不是？"

我要跟上他的脚步有些艰难。不是因为腿，而是体重。

"那虚拟替身狗屎不如。"

"是墓园替身。"

"管它的……我不喜欢。十足的鬼把戏。"

查理并不总是这样。我记得我们曾在家里的屋顶上放飞飞机模型，或者在阿克伦河畔玩塑料游艇。我们经常给人起绰号。为了保守秘密，我们会用密码悄悄告诉对方。查理喜欢讲故事，也有喜欢编造事实的弱点。对他来说，即使谎言也是一种娱乐。但现在，他的气息就像一个被吸走了所有想象力的人。

"听着，我不是为你做的。"

"那是为了什么？让我们为过去哭泣？为她不再和我们在一起的事实而叹息？假装我们在和她说话，就像假装她还活着一样？"

"我这样做是为了我们，为了维持一个家庭。"

克莉奥的拟身可以让我和查理都感到安慰，她是我们的遗产，我们与过去的联系。我以这样的方式，接受了她不在我们身边的事实。

"你忘了你对这个家做了什么？"

"听我说，我很抱歉。我知道我做了一件坏事，为此在洛邦尼服刑九个月。我正在努力修正。你觉得过些天见个面怎么样？"

"我不觉得是个好主意。"

"好吧，行。我会去垃圾硬件部找你，我很久没有去总部办公室了。"

我们走进了下一趟电梯，查理仿佛不相信我还有理智。

"你想干吗？为什么突然对我这么感兴趣？到底怎么了？"

我想把我们之间的历史抛到脑后，但这就像单手搬山一样。如果我能想明白为什么我从未停止爱阿尔芭——虽然她从未做过任何事表明她需要我的热情的事，也许我就能明白为什么我不爱纪子，而纪子用她自己的方式尽可能让我喜欢她。

但我没必要向查理解释这一切。感情对他来说毫无意义。他用感情刷鞋子。让他相信爱情可以在垃圾场上找到，那是徒劳的。

"阿尔芭的碎片怎么样了？"

"什么碎片？"

"别装作不知道。我说的是阿尔芭。"

"我什么都不知道。"

这段对话，像发自少年之间，让我开始恼怒。

"可惜了。我正打算做个交易。"

电梯门打开的时候，查理并没有像以前那样急着离开。如果运气好，他可能会告诉我一些事情；如果运气特别好，他可能会透露出一点通往真相的线索。

"你若没拿到碎片也就无所谓了。"

我打算用水晶作为筹码。我知道他恨我，因为他到现在都不明白，这一辈子没出息的懦夫怎么会鼓起勇气，差点把他的脖子扭断。我在他转身时对他出手，他还是没原谅我。

我们告别了提瑞斯，从塔柱间的入口走出去。

"我知道你迟早会问我的，但十年，彼得？你让我等了这么久……"

他觉得他已设好埋伏，而我正中圈套。我其实只想看看，他到底想把我脖子上的套索拉得有多紧。

在我们面前，一辆挤满了人的房车正发动着引擎等着我们。除了乔和孩子们，还有一帮查理的姻亲，他们都是我从未见过的人。

乔是阿泽维多家族的长女，来自移民家庭，他们来到大都会寻求财富。他们生下孩子，部分是为了打发时间，部分是为了有尽可能多的人手在杜雷尼科垃圾场工作。

查理在一次"任务"中遇见她，那次死骨帮没去他们惯常活动场所。

杜雷尼科是个令人作呕的地方，即使与大都会的其他地方相比，也是出了名的恶心：到处都是废弃的工厂和过去几个世纪的工业建筑。即便如此，查理还是很喜欢那里；我们还住在一起的时候，他就经常跟我说。他甚至后来还搬去那附近住了。

"那我们就来谈谈吧！"

我停下脚步，希望他也停下来。

"现在不行，他们在等我。"

"那我明天再给你打电话。我们把事情解决。"

他轻快地搓着手。云层降临在瓦玛克的天际线，覆盖住大半个天空，将冰冷的空气压在地面。

"不，没那么简单。等我想好了再给你打电话。"

我嗅到了一丝欺骗。

我是离阿尔芭越来越近了，还是又一次任由我哥哥摆布？

第十七章 阿尔科瓦鞋店

日子就这样一天天过去了，我等着查理的电话。手每天陷在垃圾里，心却在别处游荡。卡萨尔山的小路，铺满了电脑主板、汽车底盘和工业金属，在我脚下嘎吱作响。就像走在信息技术市场的骨灰存放处。

拉沙把主板丢进蓝色大油桶，里面满是沸腾的酸液。油桶和他一样高，他必须踮着脚才够得着桶沿。主板要在里面浸泡四小时，酸液才会把那层薄薄的铜板除去。

今天我找到了一个游戏机、一个便携式零食机、一个树篱修剪机、两个烤面包机和四个吸尘器；我还发现了一些未开封的 DVD，这些 DVD 将被回收，它们既没被看过，也没被卖过。

最有意思的发现是一包藏红花。我嗅了嗅，令我鼻子发麻。我在网上找了一些有关它的资料，发现它曾经是最昂贵的香料之一。它的线状花蕊得人工采摘，成本昂贵，因为是自然界绝种的突变体。我不想因此得出结论，要厌恶人类。我不想把他们看成一种污染，但对我来说，那些扔掉某类东西的人都该打上环境罪的标记。每当我不得不扔掉一些东西时，我就会被一种恐惧症攫取。

我对垃圾场的了解之一，就是它处在不断变化的状态。它在不断膨胀和成长，吞噬着陆地的健康，和人类的资源。

今天我被激怒了，失去了耐心。

愤怒之下，我拿起一对喷雾罐，把它们扔进拉沙的油桶里。它们爆炸的闪光吓得拉沙跳脚。

"哎呀！你有毛病啊？小心那些东西！"

"我心情不好，不好意思。真是无聊的一天。"

"好，下次先警告我。"

我的计划始于十五年前。自从在墓地看到查理，我的计划又死灰复燃。我原已经放弃了，也许在我的内心深处，我想忘记阿尔芭。我错了，前几天，艾恩又给我一个新的信号。当我拜访他，索要新的阿奎桑净水过滤器时，他送了我一个礼物。那是一件金属饰品盒，上面有海洋漩涡的装饰，有人在沃里森姆发现的，里面有一首埃德加·爱伦·坡的诗歌片段。这首诗叫《致天堂里的人》，内容如下：

啊，美梦明亮而不可长久！

啊，星夜灿烂的希望升起！

却注定被阴霾笼罩！

未来的呼喊声急疾：

"向前，向前！"——但在从前

（冷寂深渊）我的魂魄在空中盘旋

喑哑、凝滞、惊骇！

……

日日都在恍惚中度过！

夜夜于我梦境的深处

是你灰色的眼珠闪烁，

是你的风姿绰约，

踏着缥缈之舞

伴着永恒之流。

所有的信号都汇集了。预兆不再喑哑，现在我可以解读了。

尽管关于阿尔芭的记忆像一剂鸦片，和纪子一起生活，却变成了一种创伤性的体验。把幸福搁置起来，让我的生活悬置——这样的日子击垮了我。

所以现在，我在卡萨尔山垃圾场上的垃圾堆里翻来覆去，绝不休息。我找到了古董手表、外壳是硅和石灰岩的手机、平板电脑的残骸、成堆的 DVD 机、收银机，还有一个怪物——多功能传真机。一切都不对，一切。

"拉沙，我今天状态不好……有什么提神的吗？"

"有，看看。我昨天去了源圣区市场。"

他把口袋里的东西倒在地上，这堆东西里什么都有，包括两张小刺猬皮，用来对付风湿病；一块狗肾用来激发性欲；两只蝾螈用来治胃痛；还有干蛇皮的鳞片用来蘸牛奶当补品。

"蝾螈换吸尘器？"

"蝾螈得用四台吸尘器来换。"

"哦，起作用吗？"

"我妈把它们剁碎了再炸。炸了又炸，她什么都炸。"

我向工作伙伴们点点头，疲惫地回家——那地方现在属于纪子而不属于我。太多的奔忙，让我无处可归。我不想在卡萨尔山的深沟里寻求庇护。我宁可像艾恩一样，住在垃圾箱里。因为每条街上的垃圾桶平均每天至少会收到一对可回收的物品。这意味着，在这个大都会大约四十五万个垃圾桶中，至少有九十万件物品状况良好——有时甚至很优秀。一年下来，就有三亿三千万件。

毫无疑问，这足够过日子了。

最后，这一切给我带来了希望——希望能够摆脱这段停滞不前、我随便卷入的感情。这段感情开始时只是权宜之计，但很快变成了陷阱。十五年前在街上被撕碎的爱情，比每晚睡在我旁边的那人更鲜活。

有了查理的那些阿尔芭的碎片——如果我能从他那里得到它

们——我只需要找到腿，她就会变得完整起来。要想得到她的腿，我需要接近"腰子"吉米，恐怕我需要纪子帮忙搜寻。我不能独自去吉米的鞋店，得要一个掩护。

"你今天想进城吗？"我问她。

纪子戴着头盔，电子黑发下的额头皱了起来。

"我不知道，彼得。我有急事要处理。我妈要来看望我们，我还得收拾屋子。你自己去吧？"

"行啊，不过……我想听听你的建议。我很快就要去见查理了，而且快到圣诞节了。我想给他送个特别的礼物，但我没你那么擅长这种事。"

"为什么不从垃圾场里拿一个？如果你带些东西来，我帮你选。"

我该怎么瞒着她，说我需要一个打掩护的？我要怎么说服她跟我一起去某某店，这样我才不会被人盯上？

"他是我哥哥，纪子。我们已经好几年没联系了，我想好好挑挑。"

她不赞同地嘟囔着。我得想出更好的主意，才能把她带出去。

墙面上刚才还是鲨鱼在游泳，现在变换了风景。纪子的朋友们开始看最喜欢的节目。我挖了半年的时间，才把组成这面墙的九个屏幕拼凑起来。

纪子是计划中最基础的部分。"腰子"吉米可能有一些独特的东

171

西，不是给查理的礼物，而是给我的。米奇多年前告诉我，吉米收敛了他的行为，在绿塔区开了一家鞋店。

是时候探访一下了，看看他是否也像死骨帮其他成员一样，做了同样的事情。现在是时候去找阿尔芭的腿了。从他的销售员的长相来看，我可能有好运。阿尔科瓦的网站上显示有继人类在那里工作。这是个好兆头。

"不是说我想买什么，当然不是……我只是想给他物色点好东西。我想去绿塔复制标签。"

纪子并不掩饰自己的反应。诱饵让她张大了嘴巴，她关掉了电视，屏幕墙又变成了水族馆。

"绿塔？绿塔哪里？"

对她来说，人和人之间有血有肉的接触是多余的，能免则免。她对视仪、游戏球、维基镜和电视墙都很满意。

有一次，我饶有兴致地开玩笑，看她的邮件是否比我更重要。就在视仪震动时，我叫了她一声。我烦人地多次喊她，但纪子没理我。最后我只好装作生病，吸引她的注意。

还有一次，游戏球频繁故障，她的戒断症状发作：她拼命地哭，直到连接重新上线。所有这些细节都让我相信，纪子和她的视仪、电子玩意儿、电路板有着近乎母爱般的关系。每当她要去修东西的时候，每当电器出现故障的迹象，或者是电器没有立即响应她的命令时，她就会表现得好像这个东西有生命危险，可能再也见不到它了。

"我不知道具体在哪里，可以沿着皮卡洛达街一路逛逛。我有一家鞋店的地址，所有的鞋店论坛都在谈论这家店。如果天气好，会很好玩。"

我没有证据，但我估计晚上睡觉的时候，纪子多半会想念她眼睛上的视仪。我很惊讶她到现在还没有建议我在土地打捞网，网购查理的礼物。

对纪子来说，离开家仿佛就是去异国度假。不管我怎么努力把她当人看都没用。除了电路的开合和程序的运行以及重放，我在她的身上看不到任何东西。不知道程序崩溃了会怎样，但愿不会。

"我先把浴室打扫完，然后就去做准备。我希望不后悔。"

我想，她的目光中的真空，可能表明她内心的空洞。她是一个空洞的女孩，她甚至没有恶意，只是缺乏激情和进取心。从某种程度上说，我佩服她的冷酷无情，她对事物的疏离态度。她总显得很清醒，而不像我这样冲动、敏感。

在绿塔，我并不觉得自己是粒十足的微尘。此处人人都具有某种共通的特点，这是继人类所没有的。

我们和他们的差异不只表现在衣着方面——我们的穿着老气过时——甚至连五官特征都大不相同。他们精心修饰的全套打扮把我们远远甩开，仿佛我们是低级、原始的人类一样。

在大都会的多数地带，季节是模拟和赞助的。继冬天的地块之后，今年春天的地块又被分配给了一家食品公司，在每个街角都有"春天的麦巴克"^① 的广告语，雨后春笋般地预示着换季的来临。

但在绿塔区，情形有些不同。在其他社区，自然的形象只出现在"乡村地带"的广告牌上，人们可以通过超现实主义的视仪来欣赏。但在绿塔，自然重新出现了生物区、小型植物保护区和环境装饰带。人工栽培的新物种散布各处，由计算机设计，但仍然是真实的——与其他地方作为感官体验的春夏秋冬地块完全不同。

皮皮卡洛达沿街的建筑外墙铺满了叶绿素和胡萝卜素的颜色。每一栋建筑都被绿色覆盖，被攀援的植物包裹，铺上了草丛、蔬菜和草本植物的地毯。

远处，低维护成本的悬挂式花园在绿塔的顶部环绕。屋顶被植物包裹着，这种方案有助于减少雨水的流失，既能收集污染物，又能保护下面的公寓，还能起到隔音、空调和过滤的作用。

花了整整两分钟的时间，我的视仪才把建筑数据下载下来。纪子不耐烦，把我拉到一边。我得忍受无数次绕道进入大量的商店，忍受跟随她一起追逐橱窗里展示的浮华。我得锻炼耐心，保持冷静。只要能让她尽可能地放松，降低警惕，我做什么都可以。

我让她在不同的商店里游荡，好在折扣和促销活动的森林里迷失自我。这是个充满了即时愿望的丛林，她这个新的野蛮人，带着

---

① 原词为 McBucks，是麦当劳和星巴克英文单词的拼接。

视仪和手指触控器，流畅而不倦地移动着，随时准备捕捉和复制每一个标签。纪子花了一小时来调查每一件待售物品，每一件直播商品的报价，以及最时尚的模特展示。

在她最喜欢的香水店瑟丝博罗，她那张贫血的脸以一种罕见的方式亮了起来。

"看！这是我几个月来一直问你要的东西。"

她指着陈列的口红，口红活动起来。视频中宣扬它闻起来如同金银花，但对我来说，它们散发的是普通的碳酸味，用来疏浚下水道。察觉到纪子的兴趣，铬色口红管排成一排，指向她的嘴唇。我感觉到了失落。

我的垃圾打捞工的本能让我失望了。这些东西对我的吸引力都一样，我不知道她怎么会更喜欢其中某一个。

她狂热的注意力让人心烦意乱。纪子和我住在一起，不是为了钱，不是为了安全，当然也不是为了爱情，只是为了炫耀自己有人爱恋。我觉得我就是她生活的掩护。

"看看这个，配黑色很好看。"

谁都能看得出，这在她身上会很好看。这意味着我得加倍小心翼翼地筛选垃圾，花上两倍的时间。

"一定是这件，明白吗？别再像往常一样拿着仿制品回来，或者其他颜色的。"

我把 RFID 码记下来，说着她想听的话："好的，等我找到了，就拿给你。"说服她继续去阿尔科瓦——我真正想去的地方——这代价微不足道。

我从来没在同一处见过这么多的继人类。我至少看到了十二个美女，永远二十多岁，但她们与我记忆中的阿尔芭很不同：她们的秀发长而丰裕，嘴唇像被蜜蜂蜇过，眼睛紫中泛黑，一副让我头皮发麻的吸血鬼模样。

我盯着一个蓝眼睛的美人。我不敢低头看她的乳沟，也不敢看那双长腿。过去十五年来，我从没这般绝望过。

在游戏球里，我只需按一下按钮就能关掉画面，但在这里，我却无能为力，即使我想，也无法把继人类的衣香鬓影关掉。

这美人掀起了我痛苦的回忆。阿尔芭的全身图谱、她肉身的演进，显现在我面前。

我不知道是该兴奋得大叫，还是该祈求仁慈。

我充满了怀疑，咬紧牙关。他们和我们不属于同一物种。继人类就像往日的石棺和图腾，那些古老的器具曾载着灵魂带入来世，而继人类把我们的灵魂带入未来。我在他们身上看到了类似的企图——把我们自己铭刻于永恒的延续。他们是我们渴望永恒的标志。

我陷入了恍惚，被这令人恐惧的景象所迷惑。

我必须做一些事情。我必须编个借口离开纪子，我需要时间来探访这里。

"你觉得看时装秀怎么样？"

"好主意。崔莎和林恩看到会羡慕死的……"

阿尔科瓦鞋店被划分为不同的部门，每个部门都有很多人。他们总是不厌其烦地更新自己，但他们还是自己。天花板下悬挂的全息广告显示，店内有六百种女鞋，三百六十种男鞋。

我们排着队来到时装秀即将开始的圆形剧场。

就座后，灯光暗了下来，舞台变得黑暗，一阵鼓点吸引了我的注意。

我们即将见证吉米的最新噱头：鞋上有特殊的牌子，可以发射公司的标志或个人品牌，这样就可以在整个大都会中一眼辨认出来。

我有些期待看到"腰子"吉米跳出来，打扮成一匹饿狼，扑向他手下的一名美女。这时，幕布升起，一位胖乎乎的男子出现，气质优雅而傲慢。

我在网上搜索了一下他的资料，用了半 K 的信用，发现吉米既没妻子也没孩子：他单身、靠鞋子生活。六年前，他通过装在鞋后跟处的压电发生器，发明了一种每走一步就能产生能量的鞋子，并获得了专利，这让他发了财。

"腰子"穿着一身荒唐的装束，一件蜥蜴皮做的长袍，前面有骨质的纽扣，鞋的脚趾头卷曲得像印度王公。

他脸上的疤痕还在：一条淡黄色的痕迹穿过他的左颧骨直到太阳穴。疤痕来自某天他和查理玩耍的惯常的暴力游戏。他们经常捕猎飞得太低的乌鸦，或者在卡萨尔山周围筑巢的臭名昭著的海鸥。

飞翔的鸟儿让他们兴奋。

没过多久，这些可怜的鸟儿就意识到，它们被绑在一起，再不能像以往那样飞行了。它们的反应都一样，就连用较长的线绑在一起的鸟儿也是如此：它们先是绝望地号叫，然后笨拙地飞起，最后沦为一场相互的恶斗。

即使一只鸟成功地制服了另一只，仍不会解决任何问题。起初那条线逼得它不得不对付另一只鸟，现在它必须对付一具被束缚的尸体。它们中的一些会啄食另一只鸟的腿，直到把腿啄断；另一些则变得精疲力竭，最后老鼠们获得了两只鸟儿的尸体。它们当中的极少数通过啄断鱼线解放了自己。其中有一只乌鸦在这一带飞来飞去，几个月来一直没有人能把它弄下来。乌鸦在吉米的脸上啄了好几下，吉米才抓住它，并迅速正法。他像个野蛮人一样用牙齿咬死了它，把它烤熟，吞了。

吉米的身侧，一条皮带上，挂着他新手艺用的传统工具：一个打洞用的锥子、一个打眼器和一把钉枪。与其说他是制鞋设计师，不如说他更像修鞋匠。

我很难相信这是同一个吉米：他有血淋淋的咬痕和对各种腿的沉迷：人的腿、继人类的腿、桌子腿。我把视仪设置为"标签抓取"，与所有泄露出频率的设备匹配，直至找到我感兴趣的频道：吉米的个人芯片。

　　每个老板都喜欢控制一切。以吉米而言，我相信他一定会让他的个人芯片能无限制地访问整个阿尔科瓦鞋店里的一切。

　　"听着，纪子，我得去洗手间，马上就回来。"

　　沉浸在表演中，纪子连看都不看我一眼。

　　我尽可能地靠近吉米，捕捉到他的代码。只花了几秒钟，很容易，也不会被人注意到。有这个序列号在手，我可以克隆他的芯片，"变成"他，神不知鬼不觉。

　　我可以自由访问他能进入的任何地方，做能他做的一切事。

　　我只需要几天的时间进行密码分析，破解读取密钥。到那时，我就有了他的信息表。在我有了视仪之前，这会是繁琐的工作。本来要花几周时间的事情，现在只需要几天，这要归功于视仪的力量，它能无休止地计算和解密几千行代码。

　　到处寻找厕所的时候，我碰到了更多的继人类，这次是顾客。我再也无法思考了。

　　她们紧紧裹着蕾丝的护身衣，勉强遮住该遮的地方。有策略地放置口袋，遮住最私密的地方。有些人在从容地闲逛着，轻薄的网状衣服之下，胸前一览无余。

　　我越来越烦躁，不得不强迫自己不要看她们，以控制自己。我躲避着妩媚的曲线，将目光转移到其他地方，以免被她们饱含磁性的光环所伤。

　　我把搜索功能设置为寻找阿尔芭的腿——代码 8-952-395-78-

08-05，我打开所有的 RFID 通道，结果令人失望。

如果我猜错了，如果吉米没有留着那双腿，我就只能用一些荒唐的方法了。比如把她组装在轮椅上，或者从这些在商店闲逛的女孩中，偷一双腿。

我不知道她们的肢体是否能被替代，也不知道继人类是否也像人类一样，身体会排斥异己。

不，我越想越觉得那是罪恶。阿尔芭的脑袋必须安在她自己的部件之上，其他都不对。

我走过男士部，决心要找到阿尔芭的腿。

远处，一个助理注意到我的怪异行为，把我指给一个同事看。慌乱中，我潜入更衣室。

女士们正试穿高筒靴，还有女孩在半裸地自拍，我让她们都极为尴尬。

我在这一带转了一圈，但无法摆脱助手们的注意，她们开始追踪我，警惕我的怪异行为。

她们的脚步声——她们高跟鞋的敲击声——让我兴奋，但我不能被自己的想象力蛊惑。我有太多的弱点，避免麻烦的唯一办法，就是关闭我所有的感知通道。如果我回头看，如果我的目光在她们的脚踝和紧绷的大腿上停留太久，我就会在纪子起疑之前用尽我所有的时间。所有的希望就真的一去不返了。

我没有选择余地。售货员小姐们充分利用她们的大脑互联的速度，把我赶到了一个死胡同里。持续的 RFID 信号分散了我的注意力，现在我被困住了。

"等等，先生！你不能进那儿。"

肚子里的嘈杂声扭曲了我的脸。尽管我的身体很虚弱，但我并没有让自己被她们紧贴着紧身衣的胸部俘获。

走廊的尽头有一扇门，门上写着：

库存室，禁止进入

我没有被警告吓到，运起刨爪，跑了起来。

我加快了速度，但我肥胖的体型撞翻了展架。我绊住了，摔倒在地。当我站起来时，我听到身后传来急速的高跟鞋落地声。我喘着粗气，闭上眼睛，继续朝前跑，直到我的钽臂猛地撞在了门上。

我的狩猎者追上我，她们疑惑不解。

我跌落到似乎没有尽头的楼梯底部，肠子都快憋不住了。

"对对对不起，我不能能能找到洗洗洗手间，我……慌慌慌了。"

我结结巴巴，因为我从下面没完没了盯着她们的大腿看。然后，我屈服地发出一声放肆的笑声，同时放了一个尴尬的屁，她们安静下来。在被褴褛的身体所羞辱的时候，我内心的守护神发出了幸福的咆哮。

"你应该告诉我们你有困难。我们会很乐意带你到最近的厕所去。"

"你太客气了。只是我不好意思让……你……看到我这个样子。"

她们调皮的笑容简直直接把我劈成两半。不管是好是坏，都不重要了。那些吸引我眼球的人造曲线，现在无效也无害了：我的狂喜来自别处，在我视仪的虚拟真实中，有条代码闪烁着：

$$8-952-395-78-08-05$$

阿尔芭的腿在这里，在阿尔科瓦的地下室。随着时间的推移，为 RFID 供电的电池一定是用完了，信号在几米外就无法被探测到。

我要拥抱吉米和他的销售小姐们，我要开一个星期的派对来庆祝。

我现在知道，狮子已经改头换面了，但他的罪孽却没有消失。

我诚恳地向继人类道歉，她们扶着我的胳膊和腿，帮我站起来。在顾客们不屑的笑声中，我的身体被抬进店内。然后，我被人和善地用手掌轻轻地托着，令人艳羡地送到了厕所门口。

"谢谢你们！谢谢你们！你们真是太好了，你们救了我。"

即使经过了沧桑的岁月，阿尔芭的双腿依然使我感官麻痹，喜悦涌上心头。销售小姐们的新大腿虽让我发狂，但阿尔芭那双心爱的旧腿，让我重新找回了自我，找回了自己的身份。

阿尔科瓦的卫生纸很软，擦拭屁股似乎有些可惜。比这种柔软更让人难以置信的是纸上印着的那一条条荤段子，我使用前看了看。我扫了一整卷给拉沙。

我凯旋般地走回去，去找纪子。我发现她神情专注地端坐着。她看起来几乎是个不苟言笑的人，但却很优雅，为那些刚刚经过的时装鼓掌。

我触到她手臂时，她才醒过来。

"都还好吧？"

"太好了，我都录了下来。"

又过了两分钟，台上的灯光亮了，她握住我的手，十指交叉。

"我找到了想要的。一件不可思议的男装的标签。我想最多一个月，就能用我们的方式找到它。我们走吧？"

吉米向观众挥手，缓缓退场。我计划过些天来找他，不过要和他面对面，我要加强武装。

第十八章 完美灾难

我正在策划一场完美灾难。我只需要两个人。我来到艾恩的小房间时，他和拉沙正压低声讨论着什么。我听不清他们谈话，但我能看到他们在一节老树干上排列了一长串物体。

我交给他们解决的问题如下：如何在阿尔科瓦鞋店制造恐慌，进入库房，窃走阿尔芭的腿，之后大摇大摆脱身。

拉沙是化学物质专家——在制造爆炸和燃烧方面；要想避免救援行动失败把我们送进洛邦尼的监狱，或者更糟糕，让整件事情变成该死的自杀式任务，那么艾恩的经验必不可少。

"我想我们应该用三碘化氮，它会发出巨大的声响，受到惊吓的人们不会来打扰我们。"

拉沙小心翼翼地打开一瓶氨水，在一个塑料食品管里倒了十毫升。然后，他用注射器从一个没有标签的瓶子里抽出深琥珀色液体。

他细致的动作让我战战兢兢。

"现在盯着看，我们把碘酊注入容器中，让它沉淀下来。"

几秒钟后，小黑石在我们眼皮下成形。爆炸弹珠，如果我没猜错。

"到这里就完成了。一旦释放出氨气，哪怕一根羽毛的重量，也会使得一切爆炸。"

艾恩咧嘴一笑，单纯的满足。不难看出他们两人有多兴奋。他们需要一点刺激，来提振他们昏昏欲睡的大脑。

"我不知道。我的想法有点悬，溶液也不稳定，所以我们得到了那里再制备，不过在大家意识到这只是浓烟之前，会给我们争取到一些时间。"

作为拉沙药水的替代品，艾恩打开一瓶莱斯可乐，将一半倒在地上。然后，他拿出一张铝箔纸、一个漏斗和一架标有骷髅和十字骨的小烧瓶。他在大一点的瓶子里注入盐酸到四分之三的刻度。

"只需把铝箔卷起来，塞进瓶颈就可以了。像这样。"

他把瓶子塞上，用胶带封好，不给我们躲避的时间就把炸弹扔到了三十米外。震耳欲聋的爆炸声撕扯着我们的耳膜，冲击波肆虐着我们的头发。当我们睁开眼睛，垃圾堆里出现一个两米深的弹坑，周围的垃圾摇摇欲坠。

"如果把这个扔到目标上，比方说是商店的电闸板，就会令整个商店短路。不但电缆会被炸断，火警也会响起，警报器会把所有人都清理出去。我们就能找到腿后，从容不迫地离开。"

"好的，艾恩，但浓烟会不会伤害到人？我的会冒出一团紫烟，启动火警警报。除了这个，三碘化物就只有氨气的味道，刺激鼻子和眼睛，但根本没有毒性。"

我骄傲地看着他们。

"很好。那就可以作为转移注意力的方法，现在我们只需要夯实细节。比方说，你觉得白天好，还是晚上好？"

"晚上我们动作更快，但也更易被发现。要是被隐匿的摄像头发现，我们就会像风中的基皮一样被迅速了结。"

"拉沙说得没错。雨天最好，就算是摄像头也很难识别我们的身份。"

"我已经有了方案。"

在一个普通的雨天，我们来了。艾恩、拉沙和我此时在绿塔地区。我和拉沙穿着大都会电业废弃的工人制服。艾恩不想和这商标有什么联系，不管还是不是逆转公司的人，他都穿他最好的大衣。

我们不仅换了衣服，还对自己进行了伪装：每个人都用假鼻子、长胡须、垫肩和假牙改变了自己的五官，玩得不亦乐乎。干我们这一行，找材料从来都不是问题，只要你有足够的时间和耐心。

黄昏时分，雨降了下来，地平线外一片微光朦胧。如同往常一样，一股有害物的风暴从科尔卡德升腾而起，这股风暴分化、凝结成云朵，火焰随风起舞。

186

拉沙在门前，双手深深地插在口袋里，准备一接到我的信号就潜入阿尔科瓦。

我蹲在"金苏"的屋顶上，这是一家三层楼的熟食店。等到艾恩和拉沙完成他们的任务，就轮到我上演压轴戏。

拥挤的罗特基路，正被咆哮的大风和倾盆大雨鞭打着。路对面，我看到艾恩专心致志地整理着他的头发，拍打着防水外套。穿着这样的衣服，穿着他星期天最好的衣服，他看起来像位可敬的老人。

他的头顶上，一道道闪电在汹涌旋转的空气中肆意交织。闪电闪过十二秒，雷霆的轰鸣声告诉我，风暴已经离我不到四公里了，氤氲的塞勒姆河水要沸腾了。

天助我们，天气是如此阴沉，以至于让我那只健康的手臂发麻。更棒的是可能还会下雪。这将使网络摄像头工作异常困难，甚至可能会完全停止工作。

即使雪没下，我也能重新配置好阿尔科瓦入口处和店内的摄像头。只要掌握网络，能做的事情可真就太神奇了。而如果你认识一个像拉沙的叔叔——微笑的巴西姆那样喜欢分享技能的坏蛋黑客，整件事情就会变得非常有趣。巴西姆教了我一个"缓存溢出"的技巧，它对网络摄像头感应器发起一波标签攻击，足以让它们的缓存容量过载。

过载的系统宕机，当它重新启动时，我再喂它一个蠕虫程序，设置新的目标坐标来替换旧的。这操作将为我和我的同伙创造许多走廊的盲区，让我们能安全进入储藏室，在被发现之前脱身。

我们将成为魅影。服务器上唯一的记录，将是腰子吉米不知为什么出现在库房里。

作恶对我来说并不容易，但召唤出我的守护神，利用它的未知力量，最近变得容易多了。不管付出什么代价，阿尔芭的腿，都将回到我身边。

笼罩我们的闪电将天空劈得四分五裂，将空气电离。一道闪电击中了我们附近的地面。我决定把它视作吉兆，好鞭策我前进。

我示意艾恩进来。这就是那种时刻，事情可能朝任何方向发展的时刻。我耳边传来一阵呼啸声。我在人生的十字路口错过了许多机会，扰乱了我的人生：童年时，出于软弱；少年时，出于无知；成年时，出于优柔寡断。

现在是做个男人的时候了。

艾恩按计划在商店橱窗边上吸引了腰子的注意力，他正用鞋子暂时将他留在那里，为已经在商店洗手间里的拉沙提供掩护。

"亲爱的科里根先生，仔细看看你的模特儿……你不会真认为他们比奢华的阿吉隆更有时代感吧？即使你在绿塔区经营着一家小有成就的鞋店，你仍然是修鞋匠，我这么说并不是不尊重……充其量是皮卡洛达街的商人。"

我的视仪照到了他们的嘴唇，我可以读到他们的对话，尽管我听不到他们的声音。叠在场景上的计时器告诉我，此时此刻，拉沙正在摆弄他魔法般的化合物。

"请原谅我难以赞同。一双简单的阿吉隆和我们的鞋子比起来，根本不算什么。"

艾恩挑起眉毛，切换到操弄模式。

"得了，吉米——我能叫你吉米吗？拜托，不要太拘谨。你真以为你的鞋子和继人类的鞋子居于同一水平？当然，你这里有继人类店员，但这还不足以让你的商品提升到他们的水平。它们仍是人类的产品，具有任何人类都能看到的局限性。"

拉沙从洗手间里走出来，小跑着向出口而去。不远处的腰子身子往后猛地一滞，受到了侮辱。他看了看四周，似乎要驳回艾恩的侮辱，但他僵住了，高声说出他对未来的规划。

"人类？我只需要再过几年就可以了。用不了多久，我就有能力按揭上传的款项。补鞋匠！确实！商人！我将永生！我要把香槟当漱口水！"

倒计时开始了，不光是为了吉米。十秒。

我从屋顶沿着下水管道滑下来，穿过马路，轻快地朝阿尔科瓦走去。

"你自欺欺人，亲爱的吉米。要成为继人类的一员可不容易。"

门从远处扫描到我，自行打开。现在的保安有权力和方法扫描顾客的衣服，以检查可能的威胁或危险，但依据消费者数据隐私条例，他们仍然无法获取我的身份。

五秒。

我按着视仪上标明的路线走。我低着头，躲避着销售员的目光。对顾客来说，我不值得打量。对网络摄像头来说，我根本就不存在。

"你真的相信，在里佐马获得居留权只是钱的问题？如果你这么想，那么，你根本就不懂。事实上，你重点错了，我的朋友。你缺乏利他主义。"

吉米脸色变了。当我从他身边走过时，我看到他的双腿发软了。如果不是那个女销售员在他离地面几寸时接住了他，他就会气得倒下，平躺在地。然后，地板震动了一下。

一阵轰鸣声在空气中隆隆作响，一团紫色的烟雾向顾客们逼近。氨气刺鼻的恶臭令人惊慌失措，人们开始惊恐地大喊大叫。水从消防喷头上倾泻而下，警报器立刻疯狂鸣响。

艾恩抓住吉米，更想让他留在那里，而不是帮他站起来。拉沙观察着出口处，找了一个方便放哨的位置，假装求救。而我迈着自信的脚步，转身进入通往我的奖赏的走廊。

上周探路之后到现在，门还没修好，很容易便打开了。咸咸的泪水顺着我的脸庞滑落，含着淡淡的氨水味。当我踏进储藏室的时候，我的心停了下来。在一组架子下面，一个箱子断断续续地呼应着。

即使只有两米的距离，信号也很微弱。

8 – 952 – 395 – 78 – 08 – 05

我把箱子拉出来，打开它。阿尔芭的脚踝是如此纤细，我用拇指和食指都能盈盈一握。从这些根茎上，开出她的身形和非自然的优雅之花。我在她的腿上缠上锡纸，防止我们逃跑时在传感器上显露标签。

我移动箱子时，储藏室的动作感应摄像头拍下了一张照片，但它正对着窗户。我开始退走。在收银台前，我为摄像头摆了个姿势，给某位不知姓名的名人的棒球帽留了个纪念。

当我走出阿尔科瓦的前门时，我的目光与吉米惊恐的眼神相遇。

我前面几米远处，拉沙和艾恩示意我快跑。相反，我平静地走着，尽管我知道吉米的眼睛在盯着我，但我还是平静地走着。现在他看到了我胳膊下的箱子，谁知道他的脑子里在想些什么，谁知道他是否已经意识到自己在短短几秒钟内被骗得有多深。

"你，戴帽子的……你以为你能去哪里？"

我刚和他错身而过，他的声音便传到了我耳中。刨爪给了我飞跃的力量，但我还是受制于有限的形骸。

如果说好运是某种被共享的东西，那么照理说好运肯定应该偶尔会降临到我的身上。但从来没有，所以我把包裹扔给了拉沙，我们就分开了。拉沙不仅两只脚可靠，而且还像灰狗一样轻盈敏捷。

腰子在追我，但他也今非昔比。猎物的出现让他重拾猎人的角色，但这角色与他那一身浮华的衣服和他那新潮纨绔的外表并不相称。你在一英里之外都能看见，腰子作为捕食者的光辉岁月早结束了。

我转身看他，他已经汗流浃背了，不仅因为体力不济，也因为羞愧。两百米后，他被迫放慢了脚步，弯下腰，控制住自己的气喘吁吁。我相信他不会轻易放弃，所以我跟着艾恩穿过皮卡洛达街，向着大都会的中心走去。我不知道我们到底要去哪里，我只知道我能做的就是跟上。

主干道上有摄像头和监控设备，这些摄像头和监控设备会不断地在网上发布更新信息，而且也有路人自告奋勇当维基电视台的记者，第一时间报道新闻。雨水保护着我们，模糊了周围的空气，把能见度降低到几米。

我们把吉米甩在了几百米之外。我身边众物运行，像一队哈士奇犬一样忠诚而谨慎：方位仪侦察着我们的周边环境，隐私功能监控着网络摄像头的存在，并相应地重新调整每一步的线路。

我们走向里佐马，这是继人类的住宅区，那里的建筑看起来比其他地方更干净，而且似乎比其他地方更持久。我放慢脚步，试图尽可能多地摄取光谱中的片段。

通往萨菲拉广场的一望无际的林荫道两旁种满了黄叶树，它们的夜光树叶在我们头顶上百米高的地方搭成了遮蔽的拱门。在它们的底座和树干上，我能清楚地看到小动物的动作。在我的脑海中它们是野生动物：松鼠和猞猁，猕猴与狐猴。

它们也是上传的吗？

它们的脸颊圆圆的，爪子健康而光亮。

我想停下来看看它们，但艾恩催促我继续前进，他用手指着我们前方几公里外的目的地。

第十九章　摩尔寺

　　艾恩领着我走向萨菲拉广场。远处，我看到华美达酒店的轮廓，巨大的帐篷状建筑，安放在六个带圆形拱门的古老的高速公路天桥桥桩上。里佐马的艺术家们来这里寻找灵感，或者说是寻找神秘幻觉来刺激他们的创作力。这里回响着继人类音乐家们灵魂深处的共鸣旋律："神童"、"联合兄弟"、"摇滚之星"和"长青日"都曾在这里上传自己，并将在未来的几个世纪，继续传递着超越时间的音乐频率。

　　我们怎么能怪罪他们把自己的身体——这日渐不完美的有机容器——换成功能齐全的全新型号呢？

　　继人类固化了他们的现在和未来。在音乐中，他们找到了前所未有的抵御时间侵蚀的方所。

　　在华美达酒店的旋转尖顶上，预言家米克·诺克斯特姆的箴言选段不断流淌：

人之性也无常，继人类无无常。

艾恩指了指拉沙半藏在角落里蹲着的身影，我跑过去抱住他。他立刻把箱子递给我。

"给。我们可不能提前告诉你目的地，等事情搞定了再说。"

"我们成功了！你看到吉米的脸了吗？"

我拆开箱子，移去锡纸片，给他们看。

艾恩把手搭在我的肩膀上："干得好。"

他脱下乔装，塞进背包里。

我们的脚下是里佐马，肾上腺素在我体内的奔腾还没有减弱的迹象。我环视了一下四周。

"为什么是这里？"

"因为我们有个想法，这里也许有人可以帮你解决阿尔芭的问题。"

"谁？什么意思？"

我几乎还没来得及处理这些信息，这时，一束光从广场的另一边照过来，照亮了我们，让我们什么也看不见。

激光束是摩尔寺的阿拉伯式建筑外墙上的追踪装置。

"别担心，彼得，反正我们为他们而来。"

我的视仪上的数据让我眼前一亮：这座建筑建于 2032 年，由继人类主义创始人杜根·摩尔设计。它以金色矩形为基，其基座和高度的比例异常完美，周边的圆顶渐次变尖，螺旋式上升，呼应着自然界中存在的形状，如鹦鹉螺壳、水之漩涡、指纹、人类的 DNA 和星系。

这圣殿融合了世界主要宗教教派的建筑风格和来自摩尔本人的选择。他开启了人类进化旅程中的戏剧性变异，为继人类的降临负责。有传言说，他是自由思想者联盟的一员，从上个千年开始，这些人就一直在捍卫生命的神圣性。生前，他强烈反对堕胎，抵制这充当谋杀帮手的诱惑，那时堕胎像野火一样在不太富裕的人群中蔓延。

他为人类提供了摆脱衰老的方法，让他们有机会迈向不朽，很多人都加入了他的行列。

我与艾恩和拉沙交换了犹豫的眼神，想看看他们的想法。这时，一个声音对我们说话了。

"走近些，别害怕。"

虽说碰上继人类是常有的事，但在圣殿上听到继人类说话还是很特别。我突然很想匍匐在圣殿的台阶下，向注定要取代我们的生灵祈求。

"据我们的计算，显示你就是彼得·佩恩。"

叫出我的名字令我们大吃一惊。我们靠伪装足够在里佐马附近游荡，但无法通过近距离检查；我们是垃圾打捞工和再消费者、流浪汉和骗子，现在原本的身份被揭示出来。

但这声音没有任何指责的意味，我们觉得足够安全，于是向圣殿靠近。

"我们相信，你有属于我们的东西。"

这些话让我停下了脚步。我不希望发现他们也想夺取阿尔芭的所有权。

"我没有偷窃任何东西，我只是把一个朋友的碎片重新拼凑起来……她很久前就死了。"

一阵蓝光闪耀，从圣殿的门上涌出，我们看不清里面。我的视仪上立刻显示出大量的 RFID 代码。

"我们确认了你所言。进来吧，和平进入摩尔寺。"

被震慑的拉沙揉了揉眼睛，艾恩露出自信的神情，他知道得比我们多。我们由一个催眠的声音领着，心中平和，没有分毫担忧。当我们踏上台阶时，台阶演奏了一连串的音符宣示我们的到来。

我们进入了圣殿，圣殿的外围装饰着玄奥的雕像和符文。空间的中央，墙壁上流泻出的数据汇聚在一起，凝结成一团云雾状的仿人类拟身，每隔几秒就会像变形人一样变化一次外观。

"欢迎，我是比德勒夫弟兄"

很难相信云雾即牧师。他的外衣上镶嵌着用被遗忘的、无法解读的语言写成的文字——连视仪都无法辨认它们的起源。作为补偿，这设备不断地发出关于继人类主义的数据流，在我的视线范围内实时运行。

旧的宗教从不反对降低婴儿死亡率或延长平均寿命的技术进步。《圣经》的图标在我视仪的右侧闪烁着，它对这一论点持中立态度：在《圣经》中，有提到极长寿的人，比如说玛土撒拉，活了969 岁，诺亚活了 950 岁，还有一些人，比如亚伯拉罕和约拿，分别活了 175 岁和 180 岁。

那么，衰老并不是上帝强加的条件。数据流告诉我们，每一个善良的信徒相信，为减轻病痛、提高老年人的生活质量、保持身体健康所做的事情，都是信奉上帝和信仰的延续。

人类寿命的长短，多是取决于自由意志，而不是某种无人知晓的神灵法则。人类不得不依靠缓慢的基因进化，而继人类可综合一代人的最佳属性，并将其纳入下一轮的上传。当他们发现一项有用的属性时，就会把它传递给所有人，而不必像生物体那样等待几世纪。

两只眼睛在黑暗中闪闪发亮。

"你之前使用的定义，一个朋友'死了'，是不准确的。阿尔芭·维森特并没有死，也没有消失。她只是换了一种形式而已。"

我目瞪口呆，开始抚摸箱子。艾恩一只手扶着我的肩膀，他关于模糊逻辑的理论又浮现在我的脑海里。

"她还活着吗？"

比德勒夫云雾在神念信息中颤抖着。

"生与死并非那么容易定义的事件。我可以向你保证，阿尔芭就在我们的数据流中。"

我的胃在扭动。一道浮尘飞扬的光柱，从上面照耀着我的痛苦。

"我能和她说话吗？我能见她吗？"

四下的宗教符号让我充满了敬畏和希望，一种直到今天我都不敢奢求的希望。突然，艾恩把我拉到一边，眼神严厉，他想说点什么。

"记得我跟你说过的话……比德勒夫弟兄说的不是你认识的那个阿尔芭。如果你现在见到阿尔芭，她就不会是你过去认识的阿尔芭了。理念如同流水，她不会是原来的样子，因为她的组成已经改变。"

"为什么，有什么变化？"

老实说，没有阿尔芭的现实生活是如此徒劳，如此绝望，以至于我发明了另一个。这样一来，我就失去了与这个层面的现实生活的联系。这些想法听起来像是认罪，像比德勒夫这样的牧师可能很想听的忏悔。

云雾牧师说话了，仿佛他知晓了我的思绪："原始将延续原始，每一副本则永异而个别，这就是摩尔神父的初衷。"

我想做的就是靠近她。我打开欲望的箱盒，掀开锡箔纸的包裹。

我想重新体验一下她曾经给我的东西，无论她是什么形式，我都想重新体验一下。我掀开箱子，把腿递向比德勒夫弟兄，他的眼睛眯成了一条缝，带着某种神秘的回忆。我想把她被夺走的东西——从我和她身上夺走的东西——还给她，以任何方式都可以。

"求你了，比德勒夫弟兄。我需要阿尔芭。"

"那就如你所愿。彼得·佩恩，你的祈祷得以聆听。真爱不以花费计算，而以价值分。"

气体的云雾一粒一粒溶解，变幻成女性的形态。我辨认出她凹陷的眼睛、憔悴的颧骨、干瘪的嘴唇后面的一排兔牙，还有那张正在走向衰老的皱纹的脸。

如果她有真正的皮肤，那一定是松弛下垂的。如果她有真的肉体，那一定不会是坚挺的。真相比谎言更可怕。

只有对老人深深的敬意才能抑制住我的厌恶。

"是你啊，彼得·佩恩……"

那声音让我的脑袋旋晕。我认识的阿尔芭比我要大，但这位尊贵的老太太看起来更像她的祖先之一。我向后退了一步。

"你很吃惊，但我向你保证，我不是你的阿尔芭。我更像是她的母亲。在我上传之后，我选择了年轻女子的身体。但我不是她，她也不是我的复制品，因为就像比德勒夫弟兄所说，那是被禁止的。我们有相同的过去，但我们的未来却有分歧。我之所以知道你，只是因为阿尔芭在关闭前给我发来的那道光束。"

我把我的一部分执着紧握在手中，我从未想过这种执着消极的一面。有时，我甚至觉得它可能会给我带来好运。又或许是我太天真了，以为在终极幻想背后——比如让我的阿尔芭起死回生——有同样无可救药的执着。我以为一个人只为一个原因而活，更有可能在他的世界里留下痕迹，我是不是错了？

"彼得，当上载第一次成为可能，一部分人为了躲避疾病和衰老而转移到人造身体里。有些人这样做是出于虚荣心，一时兴起；另一些人只是想再活一次。上传者中 50% 是老年人，另外 30% 是身患绝症的人。我十八岁时，被诊断出患有一种退行性动脉硬化。从技术上讲，我还活着，但我的身体却被药物性休克所裹挟，四十年来，我与现实的所有接触都被阻止了。你所知道的阿尔芭是我的化身，我希望拥有一个能给我触觉和情感的身体。"

老年阿尔芭青色的轮廓不断扩大，直到几乎抚摸到我的脸。噼啪作响的空气让我的皮肤战栗。我从云雾中退后一步，看着比德勒夫弟兄那张布满纹路的脸。

"如果我把碎片给你，能让那个阿尔芭复活吗？"

艾恩点头。我对他的能力有信心，但他手中的工具并不那么可靠。

"你有这些碎片，不代表你拥有它们。你知道的，对吧？"

我低下头，脸涨红了，并无羞耻，心却跳得飞快。

"我在十五年前就发现了那颗头颅。你在垃圾场找到东西，那不是偷，而是打捞，不让它变成基皮。我不想留着这些碎片，它们是阿尔芭的，它们就是阿尔芭！"

"假如我们照你所说的做呢？你会怎么样？你真的会把它们还给我们吗？"

"我一直为她留着它们，因为那天我也在那里……"

我的喉咙哽咽，我的腺体疯狂地分泌。

作为一种承诺，也是一种善意的表示，我把箱子放在地上，后退了一步。对我来说，真正的贫穷不在于死亡，而在于逃避我的命中注定。

"好，那就告诉我们，在哪里可以找到最后的碎片，我们会帮你的。"

我扬起头，我不是这意思。不能让任何人知道查理的事。谁也不能干涉我和他之间的事。想象着可能永远失去阿尔芭，这让我感到恶心。

"我不能告诉你们。如果你们插手，拥有碎片的人可能会毁掉它们。我和艾恩几乎把所有的碎片都拼凑到了一起，然后……就被人抢走了。这是个棘手的问题，我们稍有不慎，就会永远失去它们。谢谢你，但我唯一祈求你们的帮助，就是等我把所有的碎片找回来后，让她复活。"

"如你所愿，彼得。"

一阵细微的沙沙声，标志着比德勒夫弟兄和阿尔芭的离开。

第二十章 臭先生

艾恩用先知的语气，敦促我离开圣殿。"你做得很对。"

我郁郁寡欢地点点头："现在能做的就是等查理电话。"

我们走过了华美达酒店。往北走一点，是继人类的巨大孢子发射平台，一艘名为戈文达的飞船正耸立待飞。它看起来就像一个即将离开这个世界的火焰蛋，准备给异星植入生命。当它向着未知盘旋而上时，我们停下来看了几分钟。在空中盘旋的飞船逐渐消失，只留下一条忧郁的点状线。

发射台外，艾斯帕拉华丽的屋顶，看起来就像一朵朵绽放的天蓬，被移动的昆虫拜访。

月亮的位置显示，我们离开卡萨尔山大约五小时了。我们匆匆赶路，焦虑地意识到艾恩的小房间无人看守。随着黑暗降临，它被洗劫的危险性每分每秒都在增加。尤其在我们那块生锈皱褶的土地上，事情会变得更糟。

我疲惫不堪，白天的劳累使我濒临崩溃的边缘。拉沙可怜我，让我倚着他的手臂继续前进。拿不出 K 来坐地铁，我们只好步行回去。

　　与继人类的会面令我震撼。在我看来，他们恢复了自己的童年，却没有失去记忆，也没有失去生前的记忆和知识。仿佛他们重新获得了童年的纯真，而不必牺牲成年后的智力。

　　"继人类真能永生吗，艾恩？"

　　"永生？不完全是，他们一样受制于某些事情，比如意外、谋杀、战争等。"

　　"但是，如果他们可以重新上载的话……"

　　"他们尊重死亡，虽然对他们来说，死亡不是绝对的必需。总有一天他们会像我们这些人一样不复存在。和我们一样，他们也不知道什么时候会发生。"

　　有些事情不合情理。

　　我从来都不是一个快乐无忧的孩子。我小时候瘸腿，所有事情从来没轮到过我。我是死骨帮的吉祥物，家里最小的一个，卡萨尔山的瘸子。我总觉得自己像站在罚站台，因为没做过的事情而受到惩罚。

　　孩提时，克莉奥经常给我灌扑热息痛药。她相信我常常叹气，是由我手臂和腿上的刺痛引起的。而实际上，我是对自己受到的对待感到悲哀——不仅仅是她，而是整个大都会的人对我的态度。整个童年，查理总是各种邪恶的分发者。一切都没有改变。

继人类当然不是因为回复婴儿般的状态——一种惊奇的天真无邪的感觉——而感到快乐吧？也许他们只是少了一些纷争，不再担心某些事情，这些事情由人类的脆弱和知识的局限造成。也许他们解决问题的速度更快，他们的处理能力比我们更强。或许他们在这些事情上花费的时间更长，对他们来说，时间是迥然不同的概念。

"艾恩，上载让我很困扰。如果有一个阿尔芭的母体，也就意味着可以无限上载。如果我不能把阿尔芭的所有碎片都弄到手，我能把阿尔芭的副本拷贝到不同的身体里吗？"

"彼得，别想这些了。你累了，你的心在游荡。问题不在于记忆。如果记忆可以被遗忘、改变，甚至重建，你还需要它们做什么？失去大量记忆以后的你还是你自己？"

"你什么意思？你的意思是，每个副本都成为一个原本，因为继人类以一条时间线、一个生命为代价而生存，就像我们一样？但他们能活得更久？"

"就是这样，你理解了。尽管花了几千年的时间才走到这一步。"

在接近克罗恩瓦尔站的时候，我关了视仪，好避开地面上新雪反射的刺目光线。这里的一切都是乳白色的。艾恩和拉沙也很享受这夜色，但我无法摆脱随处可见的阴霾。

我可以看到西雷原野，最后一个继人类前哨。过了那里，右边是源圣山，左边是雷恩。

孩提时，我和查理曾在这里游荡。我们经常在公园里安装的干净且消过毒的公厕里排空肠子。不过现在，病菌和细菌不仅侵占了我的心灵和童年的记忆，还蹂躏了残存的植被。

拉沙又向我伸出了手臂，给我倚仗。

我开始相信，查理所说的零散的录像就在我们内心深处。这录像提醒我们要为过去的事情而痛苦，为一切无法改变或修复的事情而痛苦。如果有人在我不知道的情况下复制了我，会怎么样？如果在我睡觉的时候，本体被杀了，而副本被放在我的床上，它的意识从我沉睡的时候开始，会发生什么？我醒来后会怀疑吗？

也许上传的魔法，就是在你茫然无知的情况下完成的。

等我们到了拉保尔街，离开了雷恩那纸板和金属建筑组成的沼泽般的迷宫，我跪倒在地，无法再往前走了。我身边的艾恩也是如此。

我们周围都是破烂不堪的砖屋、用钉子钉在一起的木板搭成的小屋，我们瞥见了住在这里的可怜的、憔悴的、被时间磨损的灵魂。

拉沙靠在已经成了鸡窝的货车车架上。灰尘仆仆的鸟儿冥思般地停在枝头。废气从地面的裂缝中升起，地上的惰性物质就像是由地下的基皮分解过程产生的一般。

前方不远处，我们可以看到前进中的 UCU 的 LED 灯。它在成堆的基皮中移动，像捕食者穿过热带大草原一样，仿佛我们在游戏球里的国家地理频道所看到的猫科动物。

它大口大口地吞噬着垃圾，把布条、箱子、瓶子、瓦砾、家具、塑料和化妆品等都吸进肚里。我们静静地等待着它的下一次吞噬：塑料布、聚苯乙烯包装、剩饭剩菜和碎骨头。吞噬者的价值在于不知疲倦。

LED 灯从不熄灭，它停顿了一下，感应到了比平时更难处理的猎物：一个厨房电器，理应出现在垃圾场而不是这里。我们在附近徘徊，装作好奇的旁观者。

我们加紧继续前进，时间不早了。

"你担心吗，艾恩？"

他揉了揉眼睛。他的呼吸凝结成雾气，从嘴里呼出，嘴唇被唾沫沾湿了。

"没必要担心吧！臭先生光凭自己，不会惹什么事。"

拉沙脚步强劲，不像艾恩那样被岁月消磨，也不像我那样被额外的负担压垮，他跑在我们前面。

"我可以先到，也许还不算太晚。"

他整理了下帽子，在我们试图喘口气的时候，我们看到他的身影消失在雾里，淡入月灰色的阴影中。

"来吧，彼得。你还年轻。再走几公里就到了。"

"你可能没注意到，这肉体的重量超过了你的年龄。"

我们朝前走去，不为脚步声的过度寂静而担忧。我们没有听到回响，周围寂静无声。拉保尔街的人行道已经被一层垃圾覆盖，垃坂让一切都变得鸦雀无声。

在路中间，汽车在冰面上滑行，宛如危险的拉力赛。我们一踏上铺好的柏油路，就有被压扁的危险。

飞速行驶的车辆无视这些障碍物，从我们的头顶上冲过去，而不需要接触地面。车辆和货物运输机在混乱的空域中等待着在里佐马停靠。更远处，太空飞船的蒸汽轨迹通向远方的深空。

在我们到达荒凉的维斯科尼亚之前的最后几公里，我的精神比身体更难受。

这很奇怪：过去没有人想过制造垃圾或扔掉垃圾。甚至这种想法——把东西拿在手里或者放在垃圾桶里，然后扔到垃圾箱里——都是禁忌，一种隐秘的仪式，就像如厕。后来，一切都变了。人们想要的东西越来越多，结果发现自己的垃圾越来越多。他们接受了这一点，并丢掉了羞耻。

现在，垃圾在生长、变异和重组，与电子垃圾结成危险的盟友。有人相信，数百万个被丢弃在垃圾场上的低频处理器的处理能力正结合在一起，创造出一个智能生物体：原始，但结构却像蜂群或蚁群。过去的六十年里，每年报废的电脑超过一亿五千万台。那是九十亿个芯片——接近地球上人类的数量——这个数字让我担心这个理论可能有一定的道理。

拉沙骨瘦如柴的手在高处挥舞着，催促我们快跑。当我们俯身往上爬的时候，脚下的一切都在碎裂、剥落、分解。一股足以让我们反胃的死亡气息在我们的鼻孔中弥漫。

艾恩石化了，他的目光钉在山顶上的小房间上。

灾难之前往往有一个偶然的事件，一起被认为是厄运的预兆的事件。然而我们一路过来，早知道不需要这种预言。

气温已经降到了零度以下，我们脚下的拖曳声，被侵蚀的碎屑和现在深达脚踝的积雪掩盖住，就连苍蝇也停止了嗡嗡声。

在一个满是煤灰的洞里，有一坨肉，上面刚有虫子准备开始它们可怕的舞蹈。四条破损的四肢和一个打了结的树桩绝望地伸出来，如同被腐蚀的电线杆一样笔直。臭先生的鬃毛和生活在它身上的跳蚤，一起被烧毁了。"我发现时，就这样了。"拉沙说。

艾恩哀伤地走到尸体前，掀开一片皮瓣。他跪在那具剥了皮的尸体面前，它的内脏似乎还在汩汩地流淌着。死亡面具在瘫痪的咆哮声中被定格。

"我可怜的小猪。他们对你做了什么？"

有东西把臭先生的脑浆煮沸了，直到它的头颅爆炸，地上流满了脑浆的污物。

"看他们对你做了什么！"

听到艾恩的呼号，我很心痛，他声音里的痛楚是显而易见的。

"那群混蛋……是他们。"

"是谁？"

艾恩的痛恨可想而知。那卷曲的黑皮和鬃毛是臭先生留下来的全部，它是艾恩的骄傲，也是他的伙伴，曾和他一起在垃圾堆里四处游荡，寻找价值。

"那些逆转公司的混蛋。还能是谁？都是我的错，我应该把它关在地堡里。混蛋……这是他们的报复，因为他们不想让我恢复记忆。一定是他们发现你从档案馆复制记忆文件的事了。"

我不想反驳他，但我怀疑逆转公司对他个人没有任何仇怨。他们根本不在乎他的心智是否健全。

臭先生的鼻子上沾满了绿油油的胶水，这让我觉得发生了更严重的事情。有些事我不能在艾恩面前提，怕他被自己最坏的执念冲昏了头脑。

这就是基皮干的。

艾恩朝自己的房间走去，进门前打开挂锁。"你看，我跟你说了什么？你看这里：什么都没丢。那些坏蛋没有拿走任何东西。他们只弄它，惩罚性的报复。他们杀了它是为了对付我。"

房间里，不稳定的物品堆，在嘈杂声中垮塌在地上。杂物雪崩般地飞溅到地板上。

"你在做什么？"

他从满地的零碎中翻出一根金属杆，多年前我看到他拿着的那根。

"等着瞧吧……那些混蛋根本不知道自己在对付谁。我已经不是以前那个头脑空空的失忆者了。"

他把棍子插进垃圾堆，像旗杆一样立起来。他消失了，在屋里又翻腾了一阵。我和拉沙在外面等着，就像两个破败的雕像。我们能听到他的喘息声。我们点上火，卷起一支烟分享。

"嘿，艾恩，需要帮忙吗？"

拉沙点着一根火柴。他先是品味着硫磺的味道，接着感受火柴释放出的温暖，又把玩着火焰。

火柴在手，拉沙从口袋里掏出一袋锯末，把火柴对着它，迅速抛到空中。

"谢谢，小伙子们，不过我已经快结束了。你等着看我怎么对付他们吧，现在我想起来这东西到底是什么了。"

一想到艾恩要向逆转公司报仇，我的心就悬到了嗓子眼儿，但我又有什么资格批评一个荒唐而不可能的计划呢？

当他出现在门口的时候，艾恩正抱着一个盒子，里面装满了镜子、金属碎片和其他的零碎。他在我们旁边坐下来，开始挑出一包纸牌大小的碎片。

"太阳能电池板。我已经收集这些东西十年了。"

盒子里还有几十根镀铬的棍子，他把这些棍子插入不同高度的孔里。在每根棍子的末端，他都会插上一个光电池。

"你要解释一下吗？还是我们自己猜？"

"稍等。这才是最好的部分。这是我几年前向你说过的计划……"

他从巢穴里摸出一台旧笔记本，开机，连接到电杆底部的插座上。他输入了几条命令，电杆震动起来。我们感觉到地面上的物质开始颤动。有东西在移动，直钻到基皮的下面，轻松地滑过。

"这是一棵日向树，如果你们喜欢的话也可以叫它太阳树。这就是他们把我赶走的原因，它是对逆转公司的威胁。"

几年前我就看过它的组装说明，但亲眼看到这棵骨骼树，还是很印象深刻。

"树枝上的面板可以作为太阳能收集器，为根部提供能量。而根部的结构形成一个由纳米管组成的系统，这些纳米管会钻进基皮里。"

树木震动起来，树枝开始摇晃。我们的鞋底开始发热。我和拉沙把脚抬起来，他咧开嘴笑了，以减轻他的不适感。

"只是一种放热反应，分解总会产生热量。"

"是这样吗？太阳能炉子？"

艾恩双手抡起了大圈圈。"它可远远超过那个。根部将废物分解，转化为肥沃的土壤，它们改变了被基皮感染的分子结构，并且利用太阳能，转化为有用的成分。"

然后，他手臂张开，激情四溢：

"根上是纳米组装器的导管，这些导管是我多年来从实验室的垃圾箱和私人储藏室里搜刮收集起来的。有了电脑，我就可以控制要组装什么材料，生产什么分子。"

"逆转公司和这一切有什么关系？"

艾恩吓到我了。他的表情和十五年前一样狂野，如同那年在我和阿尔芭身后挥舞着手电筒时的表情。

"哦，这和他们有关。把日向树种在基皮中间，它会转化其中的物质构成。如果把它种在沼泽地或下水道里，它就会净化水源，使之成为饮用水……逆转公司就没有理由存在了。"

一想到要向逆转公司复仇，我们可以蔑笑，但我们没有。我们静静地坐着，把烟从一只手传递到另一只冰冷的手里。

拉沙站起身来，开始挖洞。我帮他挖洞，而艾恩则一脸悲哀地看着，从他的热情爆发里冷却下来。我们开始挖，基皮越挖越多，手越挖越热。

等到墓穴准备好，我们抓住臭先生的尸体，捉住脚，把它轻轻地放在底部。我们用杀了它的基皮，在它的坟墓上堆塚。

艾恩看起来并不满意。他摇了摇头，恶心地吐了口唾沫。

"该死的懦夫。他们会为此付出代价的。"

我和拉沙汗水淋漓，腰酸背痛，我们向艾恩告别，各自回家。我向阿克伦走去；拉沙向北，朝拉扎尔走去。

回头看，太阳树种在臭先生坟前，像个歪歪斜斜的十字架。

到家时，我发现莉莉——那群乌鸦中的一只——在窗台上监视着我的一举一动。我一定要记得删除它的记录日志，重新设置观察点，免得让纪子起疑心。

我把阿尔芭的腿留在摩尔寺里是正确的决定，否则，我现在就得到地下室去了。

腐烂的恶臭附着在我的衣服、头发和皮肤上，我不能这样走进房子。纪子定下的规矩是：我必须在外面脱掉衣服，把衣服装进袋子里，倒进洗衣机里，直接跳进浴室。

其中一位龙太太——我对隔壁三位女人的称呼——把一件浴袍挂在她们家门外的晾衣杆上，晾衣杆上挂满了衣服，准备运到源圣区去卖。我借了它，然后进了家门。

四处看了看，纪子不在这里。今天是星期二，所以她会在翠莎家。娜拉飞下来，在我的脖子上啄了一下，这力度让她高兴，也让我恼火。纪子大概是电动乌鸦这些行为的幕后黑手。我拿袜子扔它，娜拉飞回厨房的鸟架上。

"把袜子捡起来，放进洗衣机里。"它说。

我一直不太确定是纪子给我留了这些信息，还是娜拉设定了家务路径。

洗澡时我检查了一下身上有没有猪鬃和可疑的污渍。没有热水了；邻居们早用完了，我得为迟到付出代价。我快速地用力洗了起来，冷得发抖，我使劲地揉搓着自己，几乎要把皮肤磨破了。

躺在床上，牙关打颤，我终于睡着了。

第二十一章　帕皮隆医院

醒来后我头晕目眩，感觉才睡了几小时。然而翻过身，我看到日历上的数字，时间却过去了很久：今天是 12 月 12 日。

过往两周，不论是睡着还是醒着，我都昏昏沉沉的。我只记得无法名状的焦虑感，还有一种感觉，就是查理把我牢牢地拴在钩子上，折磨我。

如果打电话找他，就暴露了我的弱点：我对阿尔芭长期而无法治愈的沉迷。如果我向他施压，他很可能会做出严重的反应，不顾一切地破坏任何重组她的机会。但仅是坐等交换，又让我无法忍受，这等于完全由他摆布。

我很想去垃圾场出点气。以基皮驱去基皮，就像查理说的那样。如果我能一笑置之，也许我还能活下来。

我像往常一样下了床，如行尸走肉。连家政自动化系统都没有精力与我呻吟和争吵。我得感谢发明了这些系统的人，让我有了难得的片刻孤独和安静。

厨房里，纪子正在用金属打蛋器打蛋。她连眼皮都没抬。

"早……饿了吗？"

"很饿。做了什么？"

油和鸡蛋的液体倒入热锅的气味，就像一个可怕的预兆。锅里正在煎的半凝固块状物让我胃里翻江倒海。我希望我一贯奇准的预感出了问题。

"我在做煎蛋卷。"

"我闻得出来。"

"如果想吃，分一些走吧！"

"我还是吃麦片吧！"

我给自己做了一碗麦片。我狼吞虎咽地吃了一口，但牛奶让我觉得不舒服。纪子高声说：

"我妈明天要来看我们。"

这意味着我应该把自己收拾得干干净净，主动做家务。

"她要住多久？"

我把麦片收起来，叉起一块煎苹果。

"住几天。她在家里很寂寞。"

"这一点也不吃惊，我理解。"

纪子没理会我的暗示，转了话题。

"趁着她来这儿，你能不能行行好，给自己换个不那么糙的状态？就当是换个心境。”

我张开嘴打了一个大大的哈欠，希望她转移话题。她继续唠叨着。

“你有乔的消息吗？”

“没有，哪个乔？”

苹果尝起来不错。我又从冰箱里拿了一个出来。

“乔，你认识的，查理的妻子。”

我把苹果扔在一边，又开始捞麦片。纪子不看我，把苹果收走。

“她怎么了？”

“前几天我们对着维基镜聊过。她说她真的很糟糕。”

我给自己倒了咖啡，在杯沿上滴了滴金酒，好叫我清醒些。

“为什么，她怎么了？”

纪子即使在试图表达善意的鄙视时，还散发着嘲讽的坦率。

“都是查理的错。”

这话听起来耳熟。虽然我不认识乔，但我知道我哥哥的能力。

“他几天前病倒了，乔一筹莫展——他不肯去看医生，只说一切都会好起来。”

典型的查理，装出一副硬汉的样子。

“那乔怎么了？”

“她要照顾孩子，也要照顾他。查理在家里是个噩梦，她说比汤米和丽莎两个臭孩子还难搞。"

这话一听就是真的。

"她打电话来就是为了告诉你这事？"

"有什么问题吗？"

克莉奥曾告诉我，乔只谈具体事实和实际经验。她的世界围绕着食物——墨西哥卷饼、玉米饼，围绕着满足孩子们对食物的胃口，以及查理对性的需求而展开。

"没什么。只是想知道她有没有告诉你其他事。"

"哦，有，她问我是否知道好医院。"

"你是说她让你给你妈妈打电话？"

"没错。"

"那你妈怎么说？"

"她说帕皮隆医院最好。她就在那里接受过人工授精治疗。她认识那里的人。"

她继续解释说，直到第四天，查理才屈服了——他再也忍受不了腹股沟里的病毒性疾病，在英子的干预和阿泽维多家族积蓄的帮助下，紧急住了院。

"那一切都解决了。"我说。

"不，现在的问题是查理不让医生靠近他，他的行为像个白痴。情况很复杂。"

我想我知道查理为什么不好意思去看医生。我这一天肯定有了转机。既然事情已经到了这个地步，那就值得深究一下。

"如果他病得真这么厉害，我该去看看他。"

"你真以为这是个好主意吗？回来后会不会比现在更难受？"

纪子也许是对的：我和查理在一起，经常以兄弟阋于墙而了结。

"不，我要去，去当个白痴再回家。"

俯瞰阿克伦河和塞勒姆河交汇处的高地，和往常一样，四下里都是乞丐。他们紧贴着医院的围墙站着，伸出手祈求生存的机会。这里有一大群不顾一切想进帕皮隆医院的流浪汉和乞丐。

他们通常都很温顺，在山坡的两边扎营，搅动着锅里的汤水。他们互相打闹又保持和平，从不打扰驶入医院的车辆。然而，有时他们也会组织抗议纠察队，高呼"为人人改善"——这句口号在无家可归的贫民中很流行，以反对我们的肉体注定要接受的不公的死亡审判。

大约有三千名示威者，甚至更多。他们中的一半是坐着轮椅的人——没有腿的人、癌症患者、中风和帕金森氏症患者、小儿麻痹症患者、腿看上去就像两根枯萎的根茎的人、硬化症的受害者，天知道还有什么。可怜的混蛋们，脑袋摇晃，下巴上还流着口水。

他们一看到白大褂从柏油车道上走下来，就激动起来，陷入一种奇怪的亢奋。他们蜂拥而上，把自己压在栅栏上，冒着受伤的危险，被追寻幸福的冲动困缚。

整个情况在我看来似乎是个悖论——囚徒们站在外面，而有些人却被封闭起来。

最近几个月来，有一个传言说，医院的董事会将随机选择一些悲惨的患者进行免费上传，作为摩尔寺扩大信徒圈子的新政策的一部分。他们公开地在患者心里种下希望。

为了在这一大群满怀希望者中闯开一条路，我等待着恶劣天气的到来，暴风雪肆虐的时候更容易通过。

在冰冷的阵风的抽打下，高地几乎是一片荒凉，即使在这样的天气里，也有一些白痴希望在这里实现愿望。他们用耙子和筛子筛遍了医院一堆又一堆的垃圾，将水坑上薄薄的冰层打碎。

然后，冰雪开始从天上落下，冰雹和碎冰像子弹一样大，醉酒的流浪汉像稻草一样倒在地上，其他的人则在铁皮屋檐下躲避。由于体温过低而被当成"尸体"运走并不稀奇。许多人可能会在拉扎尔停尸房的轮椅上醒来，我能想象到乔吉·波依在看到尸体醒来后的惊恐和发誓赌咒……

作为病人的亲属，我有权利在探视时间进去。通向大门口的车道两旁，像泪水一样挂着冰冷树叶的树木之间，仍有一些动态的巨型影像。它们劝诱着人们上传，夸耀着"戈文达"号飞船，推销家庭太空度假，其中引用了几句适用于人类的箴言。、

　　箴言一：我们不接受疾病和死亡的暴政。人工合成器官的上传会给我们带来漫长的生命，将我们的死期推后。

我们每个人都能自己决定自己活多久。

我寻找第二块广告牌。箴言来自米克·诺克斯特姆的《致大自然母亲的信》，这是对世界创造者的祈祷，总结了继人类哲学。

箴言二：我们将应用生物技术和计算机来扩大人类的感知范围。这将增进我们对世界的了解和对世界的欣赏。

几辆救护车从我身边呼啸而过，警笛声无声无息。

我的脚步越来越慢。

帕皮隆医院不仅用近乎神奇的疗法治好病人，也是少数能进行上传的地方。

第三块广告牌在强风中摇摇晃晃，它指明了人类和继人类的区别。

箴言三：虽然承认人类是在利用碳化合物进行进化方面的天才，但我们不会把我们的身体、精神和情感能力局限在生物体上。我们致力于主宰我们的生物化学，但我们也着手将先进的技术融入我们的生命中。

在飞行器降落区，我看到了最后的广告牌，就在停车场的上方。

箴言四：我们有权在此清单中增加新的项目，无论以集体还是个人的方式。我们不追求完美，但我们追求符合技术价值和发展的卓越形式。

这些信息不仅仅是对大众的神话许诺，更多的是关于进化的使用和追随者对人类黄昏来临的宣战宣言。

一些政治家正在考虑给予继人类投票权。他们必定以为继人类对投票权这种可悲的做法很感兴趣。在大都会的居民中，本来就只有极少部分人能使用投票权。

起初只有物品会进行升级，现在人也如此。哪怕代价是看到自己的大脑和身体在上传中变成冗余。在这里，有机体溶解，为无机体让路。他们更愿意认识自我，而非仅仅存在。

当你可以像蝴蝶一样自由自在地飞翔，谁愿意被困在蛹里？

医院的布局就像一个侧8字，帕皮隆的招牌上装饰着成千上万的机械蝴蝶，它们在空中振翅鼓动。

要进入医院，我必须证明自己是彼得·佩恩。等入口的扫描器扫描完，我就可以自由地假装成任何人。

事实上，我不想让别人认出我。穿着银色镶橙的工作服，我把自己伪装成道路维修工。缝在上衣里的标签告诉我，这套制服废弃在卡萨尔山的垃圾场之前，属于源圣区某剧院。

躲在我的伪装后面，我按照医院护工的指示找到了我哥的房间。这里没有一般医院的臭味。

十二楼走廊的尽头，传染性病房里，我瞥见了乔和一群人，我猜是阿泽维多家族的人。

我在后面徘徊，听他们讲些什么。

乔的身边站着三位女士。其中一位从她的五官来看似乎是乔的母亲。几位白发老人正在和汤米和丽莎玩耍。窗边靠墙的两名瘦弱的年轻人在和他们的女朋友聊天。

"嗯？那他在哪里？护士说——我亲耳听他们说——医生现在应该已经到了。但他不在这里……"

"冷静点，乔。他们说过什么时候出院吗？"

"我也不知道……他们已经让他在床上躺了两天了，还不知道到底怎么了。"

"一定很严重。是不是来得太晚了？"

"太晚了？你知道我那个猪头丈夫是什么德性吗？"

"是的，但是……乔，你应该更强硬一点。男人必须要被说服。我告诉你多少次了？男人们认为阿司匹林能治好一切，什么病都能治好。"

"又来了，妈！听，他来了，我跟医生说说。"

在我的身后，我听到了白大褂的唰唰声，于是我贴在墙边，阅读钉在那里的病历。旁边的玻璃布告栏里，是出院病人的感谢信，旁边还有他们呼吁命运的垂怜和乞求康复的便条。

医生把乔带到一边，把她拉近我的身边。背对着他们，我可以得到更多消息。

"佩恩夫人，很抱歉让你久等了。组织学检查的结果才刚刚出来。我们现在有很多病人，但你丈夫的情况已经被列为紧急。"

乔双手紧紧握在腿间。医生压低了声音，窃窃私语。我抬高视仪上的麦克风，设法捕捉他们谈话里有用的片段。

"……他感染了……罕见的疾病……侵袭性病毒……通过一种变异的细菌……"

"变异细菌？什么细菌？"

乔为自己担心，更为孩子们担心。

"感染有机体……普通细菌……飘浮在周围。在垃圾中……后遗症……可能……通过粪便。菌核……修改过。分析起来很有意思。"

"在粪便里？他是怎么得的？"

乔一只手捂住了嘴。医生一言不发，很尴尬。我眼角余光看到他的脸红了。

"好吧……可能是……肛门或阴道。"

"阴道？肛门？谁的肛门？！"

一阵若有所思的沉默。乔脸色发白，她的手垂到了身侧。

"我们得再观察他几天，以便研究他的病例。我们可能发现了一种新的感染形式，你丈夫可以帮我们合成一种新疫苗。"

乔转过身，医生则去工作。她看上去在皱眉，也许在犹豫该如何把这个秘密透露给阿泽维多家族的其他成员。复仇的表情从她皱起的眉头上划过，她脑海中仿佛起了某个鄙夷的念头。这念头消失，新念头又至。

"果汁"乔知道，她没有传染查理。乔没有被感染，所以查理一定是在其他地方找到了豁口。

如同寒冰般镇定，她抓住汤米和丽莎的衣领，拖着他们向电梯走去。然后她转身向围成圈的亲戚走去。

"我要和查理单独谈一会儿。你们能在楼下等着吗？"

老人们觉得被冒犯但还是服从了。年轻男子根本没有注意到乔憎愤的语气，快步走到走廊上。

我听不清接下来发生了什么，但我能从对面的窗户里看到反光。我喜欢发现别人的秘密，这是一种减轻自己压力的方式。

乔站在查理的床边，用手指着他。他仰面躺着，双臂交叉放在脑后。

乔对着他，嘴里嘟囔着，她的食指戳着空气。我甚至看到她在他肋骨上戳了一下。然后，她又在空中挥舞手指，又继续刺向他。他睁大了眼睛，摇了摇头，抬起手臂和膝盖来保护自己。

如果他们的唇语我解读得正确，如果我了解我哥哥的话，查理的辩解伴随着隐隐约约的指责，责怪乔生了孩子以后不允许他像以前那样碰她。他试图说服她，任何其他男人在他的位置上都会做同样的事情。

我还以为阿尔芭对他来说就足够了。

看她这样心烦意乱，我想乔一定是那种毫无怨言的女人，她会心甘情愿为她的男人做任何事情，而且会为了大局着想。

她会反过来对自己狠狠的，以免伤害到大夫。她会对他甜言蜜语，反过来对整个世界强硬。但从她指责查理的行为，我看得出，她也是个女人，虽然乐于分享他无休止的堕落，但也只能忍受查理所扮演的上帝和主子的角色。

我想，在他们多年的婚姻生活中，乔已经学会了耐心，已经学会了等待他与皮条客、他的垃圾朋友和垃圾贩子们一起在外放荡了一晚之后从卡利诺瓦或维米安回来。他们给他小费，问他在哪儿可以找到最好的货。

她一定在某种程度上原谅了他对那些克罗恩瓦尔的妓女的淫荡。她也许甚至默许他带着拉斐尔·西科尼或托德·莫尔库姆这样的罪犯回家。在我的印象中，他们并不讨厌占女孩的便宜，甚至是未成年女孩，然后吹嘘他们的战果。

这些都是推测，但我敢打赌，乔唯一不能接受的是谎言的下流——用谎言来掩盖真相的厚颜无耻。

只要查理让她成为他恶习和弱点的一部分，包括小偷小摸和黑幕交易，她一定会顺着他的意思去做的，不管她有多不喜欢。但是，一旦他对自己的所作所为感到羞愧，对她隐瞒了真相，他就开始在她心中埋下怀疑的种子。疑问滋生怀疑，而怀疑是任何一段感情终结的开始。

乔向他投掷食物盘子，这清楚地表明，她在卸下自己留在他身边的责任。从她试图用塑料餐具刺伤他的举动可看出，她已经受不了了。

查理忍受着乔的怒火，但他并没有轻举妄动。他张了张嘴，试图用言语辩解，虽然连他自己都明白他说什么都无济于事。咒语一旦破除，就没有任何魔法可以修复了。

乔用手指最后一戳，带着沮丧的气息撤出了房间，我觉得现在是我出场的好时机。

我相信，真正的发现常常通过走弯路来获得，有时需要逆流而上，有时要采用最愚蠢的选择。被病毒和与乔的争吵削弱了的查理看到我时甚至没有露出惊讶的表情；如果说有什么不同的话，那就是他似乎很高兴看到我——一个让他一直保持上风的人。

他很快就控制住了自己，理顺了衬衫，抚平了床单。

"彼得，老弟，你进来时看见乔了吗？"

"乔？没有，走廊上没人。"

"那就好，她已经疯了。"

"怎么了？因为你的病？"

"呃……是的。这个病要慢慢来。不过不用担心，我过几天就能回家了。"

这无敌的男人只能愚弄他自己，没有人信他。

"过来。拉我起来一点，我的背很难受。"

我帮他时，能看到他们打架的证据。"你有一些瘀伤。"

"没什么……我被绊倒了。那该死的浴室门。带着这些管子，要小便是不可能的。"

我哥哥真是个现象级大师。他能发明出这么多撒谎的方法，涵盖了从省略重点到旁门左道、从推诿到偷换概念的全部范围。

"他们说过什么时候出院吗？"

"没，他们在观察。这些医生，该死的……我从来都不喜欢他们。我还有合同要完成。"他侧头看了我一眼，一定在谋划着什么，"你知道吗……现在你来了，我就知道为什么乔的行为如此奇怪了。"

我在品咂他的每一个词。也许他想忏悔，把他的烂事带来的负担从身上卸下。也许他终于有心情向我，他的小弟，敞开心扉。

"是那该死的头。你得承认，彼得，它真会带来厄运。"

虽然我看到了一切，但查理仍然能让我感到惊奇。即使是现在——被他妻子的怒火给震慑住了，只是侥幸没受伤——他的想法也仍然像个白痴一样。在他看来，他根本就没有错。

"你没必要留着它。还记得我们的交易吗？"

"没错，发生了这么多事，我还没来得及考虑。"我原谅了他。他似乎不想起冲突，只想甩掉它。"这件事就到这里为止了。"

他的结束就是我的开始。

"听听下面的话，你再想想我是否爱你。我要送你一份礼物。那个头必须离开我的生活。我应该过几天就能出来了。如果你愿意，你可以来我们这里过年。只要我好点儿，乔就会冷静下来。女人就是这样，没有男人在家里，她们就会发疯。"

他咧开嘴笑了笑，抱住自己的臀部，痛苦地龇牙。

"听起来主意不错。我也带纪子来，可以吗？"

"当然，当然……哦，妈的，好痛！"

他按了一下门铃，把护士叫来。

"阿泽维多家族的人很热情，你会看到的。"

几秒钟后，一个护士跑进了房间。她还很年轻，太年轻了，不像人类。我相信她已经经历了上传。继人类不需要等到成年后才做事，他们从中断处开始永恒的青春，只会被衰老打断。

当她掀起查理的衬衫检查他的时候，他甚至没有注意到区别。

第二十二章 阿泽维多家族的新年夜

　　从杜雷科里站出来，最后三百米的路程里，我的耳朵一直在疼。我把视仪里的声音调小了，它一直在放大随性的振动、甜腻的节奏和欢快的吆喝。这比肠胃胀气还难受，说明某种程度上连声音也代表基皮。

　　我们正走向十五座相同楼房中的第三座。他们说，在最贫困的地区设置绿地或广场毫无意义，反正也不会有人欣赏。过去几十年来，这一直是大都会郊区建设默认的城市规划政策。

　　多洛特街 1448 号被巨大的万圣节装饰装点，住在这里的人一定是 11 月就贴上了，一直到现在。假火舌从窗户里伸出，八楼和九楼之间画了两只巨大的眼睛，一二楼的窗户已经黎黑得像烂牙。

　　在这恐怖的南瓜头的下颌里，天花板由彩色的流苏和纸链装饰得五颜六色。我觉得气运正在改变，也许这一次，命运站在我这边。莫非我的保护神回来了，又在我头顶盘旋？我看不见也听不到，但有感觉。

除了运气，我无法用任何方式解释这一系列有利的巧合。如果不是查理感染了变异性淋病，他就不会被送去医院。如果不是他昏昏沉沉、打了镇静剂，让我抓住了机会，他就不会同意交换，我现在也不会出现在阿泽维多家族的聚会上，有机会取回我的阿尔芭。

为这次聚会，纪子把头发烫直了，染成了紫红色。她将自己挤进一件紧身的黄色连衣裙中，模样分外优雅，腰间系着一条绿色的丝绦，鞋子新擦洗过，鞋底还是新换的。我能想象到龙太太们忙碌的双手上下整理她的装束。

我倾向于穿低调朴素的衣服，就像衣服的前主人一样。一件破旧的大衣，内衬着芯片和感应器；防水裤和一双靴子，靴尖照亮路面。这些衣服回收再回收，仿佛总能够找到最适合它们的人。

阿泽维多家族对回收利用并不陌生。他们的族人做死人生意。七代以来，他们一直在埋葬和处理死者的尸体。只有穷人没有选择，最后只能入土为安，成为虫子的食物。虫子可以回收他们的肉体，而人类却为他们的物品争夺不已。

K 的交易量极小。阿泽维多家族的财富更多来自敲诈勒索和盗窃。他们利用悲伤的亲属，把从死人的口袋里找到的一切东西都拿走。

他们占领了一个住宅区，罗特基路在这里转了个大弯接上格兰杰大桥，跨过塞勒姆河。

这是专门为避难者设计的住宅小区，是在杜雷尼科的垃圾堆里出生、长大的建筑。它就像一个废弃的蜂巢，直到阿泽维多族人将这里重新占据，让它变得宜居。事实上，按照他们的习惯，他们把它改造成了一个繁荣而喧闹的实体。

空气中弥漫着烤爆米花、洋葱和辣椒的味道。我认出了烤鸡、甜油饼和油炸派的香味。楼梯上没有风，每一种气味最终都会铭刻在墙壁里，仿佛鼻子粘在忙碌的厨师的腋下。

我们在每一层楼都会经过端着盘子的人。有的人端着菜，有的人端着肉。烤肉在串上，水壶里装满了炖肉，铝质托盘上摆满了水果——不是最新鲜的，但也没有烂掉。

他们都在朝楼上走去。我们从三堆黄色果冻和摆满了香蕉叶、葡萄干、榛子仁、花生仁和果仁拼盘的托盘旁边溜进门里。

我几乎不认识我的邻居——例如非常矜持的龙太太们。现在我更是被阿泽维多家族的融融一体迷惑。空洞的声音从下水管道传来，一路伴着我们走到十楼。

"你一定是彼得吧？你是纪子，对吗？"

一个头上插着假人、嘴里含着糖果棒的年轻女孩把我们引到了顶楼的露台上。她戴着和我一样的视仪，一眼就认出了我们的身份。

"是的，你是谁？"纪子戴着耳环感受器，俯身向前看她。我现在就能看到之后她会怎样和朋友们仔细剖析和讨论这场聚会。新年夜，我能想象到他们会聊什么，我强迫自己不去想。

"我是娜迪娅，汤米和丽莎是我的表亲，我妈妈帕蒂是乔的妹妹。"

我们路过一位男子，他在走廊上悠闲地忙着自己的事。他举起酒瓶当作打招呼，喝下了我们的健康。晚上九点就已经醉了。对他来说，新年已经到了。

小狗们也都穿上了聚会的衣服，戴上了礼帽，打上了蝴蝶结。它们呜呜抱怨，不知道为什么这里一片混乱。

"跟我走，聚会在这边。"

在一个大阳台下，火红的油桶温暖地亮着。查理坐在桌前的首座，或者说坐在马蹄形桌子的中央。家族的枝叶，沿他的两只手臂依次而坐。

他旁边坐着年迈的拉米罗，他是乔的父亲，也是阿泽维多家族的族长，他一边整理着老式的细条纹西装，一边对他的妻子桑尼低声说着什么。娶了他们的女儿后，查理坐到了拉米罗的右边。他在自己领域赢得的尊重，让他在结婚不到十年的时间里，就在家族的金字塔上站到了很高的位置。

四周一片喧哗，人们坐在一起，挤挨着墙面。成群的孩子爬来爬去、跑来跑去，围绕着桌子嬉戏。

在所有的喧哗声中——在年轻人粗狂笑声、老者的埋怨声、祝酒声和不可避免的祝福声中——查理站了起来，用庄严的手势令躁动的大众安静下来。

当他将两把闪闪亮的刀举过头顶时，人群寂静下来。他把刀快速打磨了四五次。两个胖厨师把一整头烤猪抬进饭厅，放在查理面前。他把它拉向他，请大家都过来。

焦糖猪上装饰着花结和花饰，他站在烤猪后面，拖着那两米长的口水，嗅着粉红色烤肉的醉人香味。

他把烤猪切成片，让坐在他对面的乔把沙拉端上桌。

作为佩恩家族除了查理之外唯一的代表，我们的位置在桌子的最末端，左边的角落里。直到其他人都开始上第二道菜时，开胃菜才会送到我们面前。这可能对纪子和那些被生物性弄得饥肠辘辘的人很重要，但对我来说却无足轻重。我不是来这里享受阿泽维多家族的美味佳肴的。

我盯着查理，研究他在新家族背景下的角色。

我想知道他把阿尔芭藏在哪里了。这栋楼里游荡的人太多，很难想象她会在这栋楼里。

他看到我，打了个问候的手势。大家都知道，在这种场合几乎没什么时间专门用于个人的热络，而且我一点也不觉得可惜。

面前如此丰盛的食物，我只能勉强吃了几条鱿鱼，免得得罪了大家。

相反，纪子似乎出奇地饿。她就着从高高的老式酒壶里倒出的一大口淡褐色的酒扫荡每一道菜。边上的女孩子们在倒酒，她们很小就学会了侍酒。

有一刻，我注意到她开始和米兰德罗聊天，他算是乔的叔叔，是桑尼家的一员（乔的母亲的真名是阿桑西，但大家都叫她桑尼）。他和纪子似乎找到了一些共同点。纪子的性格我还是猜不透，很多地方我肯定永远不会了解。

坐在这些严格来说是我的家人的陌生人中间，我有生以来第一次开始担心谁会继承我的位置。不是说纪子有任何成为母亲，甚至收养孩子的打算——在她看来，哺乳和断奶的麻烦事最好避开。虽说母性的本能在她母亲的身上多少存留了一些，但她在生育和抚养女儿的过程中排除了所有男性的存在——我应该可以想得到，这种欲望在纪子身上已经完全枯萎了。

我得点支烟。这些念头就像一缕缕的烟，飘飘荡荡一阵，终于消失得无影无踪。

我死后，我的包袱留给谁呢？

我端着盘子走到阳台上，小口尝着，又吸着黏稠的烟草气。在这里，我可以享受派对，观看这些喧闹的人们，而不需要将自己置身其中。

阿泽维多家族中的每个人都在炫耀他们的恶习和虚荣心：没有标签的华贵手表，从死者手腕上捋下来的；自制的香水，用许多打捞上来的瓶子里的残渣拼凑而成；鞋子崭新闪亮，只能是为刚去世的人买的，从他们的尸体上偷来；大量发光的芯片、网状的吊灯和情侣戒指。

我关掉视仪，把注意力集中在查理身上，关注他可能隐藏在他那骄傲态度背后的东西。我在等待合适的时机，好提出交换。

纪子的头向后仰，我意识到她已醉了。我扔掉烟头，走向我哥哥。

"从 UCU 里偷东西是很难的。你要记住，它只会在一个地方停留一百二十秒，只够它张开下颚吞咽基皮。三十秒后又开始移动。"

"你对付过 UCU？"小男孩手里拿着甜馅饼，双颊沾满了糖，问我哥。

"当然了。我年轻的时候——当时我一定和你差不多大——身手敏捷如猫，力壮如牛。"

甜馅饼愧疚地低下了目光。他擦了擦下巴，把还没吃完的那份放在椅子上，小心翼翼地盯着，确保没有人偷吃。小阿泽维多崇拜着他说的每一个字，挂满鼻涕的脸上充满了敬畏。

"因为从 UCU 里偷东西，很多孩子最后丢了性命。就那么几秒钟——一秒钟的几分之一，刀片切下、砍断、劈开。"

他清晰而戏剧化地念出了这些动词，令它们充满了寒意。

"当它们啪的一声关上时，舱门砰的一声盖下，把一切都打碎了。仅仅是恶臭就足以让你感到恶心，仅仅声音就足以让你血管里的血液冻结。我记得我曾见过里面有这么大的活塞。"

查理为他们比画了这一幕，显然他夸张了。

"我看到了无法钻穿的金属墙，我感觉到那些锯齿状的刀片就在我自己的皮肤上。"

他用力拍打手掌和肩膀示范。

"UCU 只有一条出路：哪里进哪里出。你需要看准时机，需要狡猾和速度，你必须比机械更快。"

我加入了他们，但一直躲在暗处。甜馅饼正在发牢骚，因为他分心了一分钟，有人抢了他的甜点。

"UCU 的饥饿和贪婪只有它的效率能与之相提并论。它吞噬得越多，大都会就越能抵制基皮。而我们讨厌基皮，对吗？"

"对！！！"孩子们齐声回答，并举起手来。查理是个爱吹牛的人，沐浴在他们的赞美声中。

"基皮是我们的敌人，基皮偷了我们的食物、衣服和未来。不过要记住，UCU 不坏，它们也属于逆转公司。"

"对！！！ UCU 属于逆转公司。"

"基皮是我们的邪恶敌人，UCU 是我们摆脱死亡和灭绝的唯一救世主。UCU 回收，UCU 帮助我们再消费，所以请记住，禁止从 UCU 里偷东西。"

我觉得自己像在参加新兵训练。

查理转过身，我们发现彼此面对面了。我还没来得及说什么，他就抛出一句诋毁。

"看这里，孩子们。我给你们介绍一个人，他可不太好。"

他先指指我的钽臂，又指了指我的刨爪。

"看出来了吗？这就是你不够快的后果。"

惊讶的眼神，怜悯和鄙视的神情。他们已经做出了判断，把我归为失败者，不能效仿的、不能依靠的人。就好像在我的头顶上有一个巨大的闪光牌：

残废残废残废。

"你知道不是这样的。"

"不是？那是什么样子的？你难道刚好长出了那些假肢？"

有人笑了，但我并不在意。我希望我也觉得很好笑。

孩子们惊恐万分，从他们的眼睛里，我看到我人性的残余痕迹消失了。

"听着，查理，有时间谈谈那件事吗？"

"让我介绍一下我兄弟彼得。他冒着风险，结果出了可怕的问题。下次你们看到 UCU 的时候，记住他。"

阿泽维多的孩子们默默地眨了眨眼睛。不知道听完这番话之后，他们还敢不敢做任何事情。不知道他们还敢不敢去过自己的生活，不用担心和别人比较。这就是查理能上的最好一课：要么和他一样，要么和他不同。

纪子已经不在桌子旁，米兰德罗也不在了。我把查理拉到一边，他向我投来阴郁的一瞥。

"我在和家人说话，耐心点。他们都是我们最年轻的希望。"

我放他走开，转身在喧嚣声里寻找纪子的踪迹和她的拟身信号。我看起来像是嫉妒，实际上是害怕被人发现与我哥哥对峙。我最不想做的，就是向她解释这整件事情。

查理对每一个孩子都很认真：他依次抚摸、拥抱和拍打他们。最终，我渐渐厌倦了这一切喧嚣，我径直来到他面前，将水晶和礼盒在他眼皮底下挥舞。

"果汁"乔因为淋病而气愤，要是看到自己的丈夫操着继人类的骨盆，她会有什么反应？

他匆匆离开孩子们的圈子，示意我跟在他后面。

"该死的，彼得，你疯了吗？你真以为我们要在这里交易？在除夕夜？当着大家的面？"

沸腾的怒火把我的肉体变成了液态钢。他又开始发怒了。他一直都这样，而且永远都是这样。

"可是……你说……"

从查理嘴里说出来的每一个字都是谎言。他的任何提议都是充满阴毒的诡计。

我的导火线太短了，很容易爆炸，或者说随时都会爆炸。

"我说了，我说了……我现在病好了，我们很快就可以见面了，好吗？不玩花招，不过我警告你，彼得。若是被乔听到什么风声，就什么都取消，碎片就会消失……你懂我意思吧？"

我懂得彻彻底底，他才不管不顾。

"现在把东西收起来，好好享受聚会。快结束了！"

他没再多说什么，只留下我一个人。我站在那里，一动不动，焦心于自己的无能为力。我把想给他的那盒鞋放回包里。一阵恶心的巨浪压倒了我。脑中一阵阵的痉挛几乎让我大喊。

我会选择死，如果死亡会让我变得不同。我知道这不会发生。我应该揭发他，我应该当众羞辱他，但那只会引起另一场灾难，就像克莉奥死的那晚。

我的思绪转到了摩尔寺：也许我应该接受继人类的帮助。我还得等多久？我内心深处，被阿尔芭双腿重新唤醒的爱，无法抑制。

我的胃里翻滚着，刚刚吃过的鱿鱼又翻上来。被咀嚼过的碎屑，从我的嘴里喷涌而出。尽管我试图用手阻止它的喷薄，但它还是从我的手指间涌了出来，溅到地砖上。

这一次，空气中的恶臭是我的。

我甚至已不能确定，我所感受到的是不是真爱了。

这就是爱吗？

十五年的煎熬，怎么能叫爱情？难道爱以五味杂陈的方式存在？难道我的爱注定会带来伤害？爱可能是这样的吗？

也许爱情是一种病，是一种名叫喜欢的感染。它只是另一种病，神秘而不可解读的病。要阻止你无法理解的东西是不可能的。

所有的呓语让我弯着腰坐在椅子上发呆。

抬起眼睛，我看到大都会上空挂着雷云。流星般的爆炸声响彻夜空。

孩子们正在做准备，在斜坡上架起烟花，像士兵一样一字排开，全神贯注。

在另一边，在最近的塞勒姆河畔，比黑夜还密的东西正向我们走来。它正雄伟地升起，甚至比我们还高。它到处都是，油腻腻的、臭气熏天。在我们的周围，有一朵低矮的云团在蔓延，薄薄的、波状的。它一接触到池水，就像孩子们的烟花一样溅起火星，发出"砰砰"的响声。

查理正在擦亮枪管。他要用它来射击，宣示新年来临。我发誓，如果他现在就死了，如果他被"友情的烟花"或者什么东西的粗糙碎片剐到，我一定会欢庆得浪醉，让他可爱的新家人难堪不已。那不是我对他的哀悼，而是我为他办的悼念派对，一场迫不及待的解脱。

离午夜只有一分钟了。一个图标在我的视仪上闪烁着。接收信号强度五分之五。三十米外，我认出纪子正让米兰德罗大叔揉捏着她的屁股。阿泽维多正把毛茸茸的舌头伸进纪子的耳朵里。

真相从没被掩盖，只是难以接受，所以我装作没看见。

我在桌子之间躲避，小娜迪娅来找我，手里攥着一块绣花手帕。

"我也不喜欢吃鱼，我姑妈给它涂了那么多油……不上不下，整天都留在胃里。"

她让我笑了。可能我的脸很憔悴，但我还是我。这真是相当惊人。我不好意思地张开嘴，笑声几乎淹没了我。我用手帕擦了擦嘴，然后把它还给娜迪娅。

"谢谢你了。你喜欢烟花吗？"

我只需要知道自己是谁，一直以来我并不知道。我只需抵达我自己的本质就可以了。之后，可以死。

"不喜欢，那些东西吓死我了。"

我们抬起头，用手遮住眼睛。

"我也是。"

孩子们在妈妈们的催促下，唱着不成曲调的《哦，幸福的一天》，用塑料和木勺像打鼓一样敲打着锅盖。大人在歌唱新年，在空中挥舞着叉子，仿佛要把天空刺得血淋淋的，要把它拉下来。

大些的小伙子在派对的边缘徘徊，他们啜着采芹饮，这是一种用香料、蜂蜜和基皮中生产的致幻蘑菇制成的浓郁的巧克力饮料。

午夜时分前，每个人都举起掌仪、彩纸贴，他们的视仪散发出淡淡的光。查理装了三颗子弹。

五。

夜色里，天空被成千上万闪闪发光的污染照亮。

四。

燃烧的飞火升入混乱的虚空，苍穹被灼烧得斑驳五色。

三。

我为庆祝活动所做的贡献吐进了地板上的痰盂中，变成根根丝状。我站起身，把娜迪娅扶到凳子上。

查理把枪口对准了天空。

"新年快乐，娜迪娅。"

我准备走了。

"你要走了吗？"她已经猜到了我的意图。

二。

"今年结束得很糟糕。"

"如果你愿意，我就和你一起下去。"

一。

查理欢快地射了一枪。我不知道那些子弹会落在哪里，在它把他的快乐带到这么高的地方之后。

我拉着娜迪娅的手。她跳了下来，我让她领着我穿过许多桌椅，下楼到正门。

我向新年秀告别：戴着面具的笨蛋笑疯了，舞动着的影子们互相亲吻着，其他的人纠缠着拥抱在一起。

纪子在一个小时内找到了我十五年来一直在寻找的东西。这是不一样的，我希望她不是为了报复我而调情，那又有什么意义呢？

"给你，这有益你的胃。我用它来帮助消化。"

娜迪娅从外衣口袋里掏出一个瓶子，递给我。

我向她道谢，并给她一个拥抱。我喝了一口柠檬水，希望它能让我回家的路更轻松。

"你能帮我把这个盒子交给查理吗？"

她点了点头，转身回到楼道口。

雪在下，渐渐地覆盖了我的脚印，似乎是为了掩盖我曾经来过这里的事实。

第二十三章　UCU

查理决定在卡萨尔山和我会面。那是我俩都熟悉的地方，虽然怪异的金字塔变得更高了，有点像科幻小说中的坟墓，又有点像极尽奢华的大教堂。

他定的时间最糟糕：黎明。

有时，就要往前，卸下恐惧，对自己有点信心。

但为什么在这里？为什么早上这时间？

我很冷，但没有争议地接受了查理的选择。

和我一起来的，是一大早被叫起来的头晕眼花的艾恩、拉沙，还有垃圾场的小伙子们，杜根、诺伯特和庞戈。笑眯眯的巴西姆也来了，他想代表战壕里的人支持我。

我不知道查理为什么要一个人来。也许他不需要别人的帮助。从他背着的袋子的重量来看，他带来了我的奖励。

仿佛这些年的争执和争吵最终会通过这次交换达成结论。这个交易可以让我们两个人都满意，画成那完满的圆环。

"准备好了吗，小弟？"

我踏出一步，就听到了那声音，那是 UCU 到来之前的刺耳鸣鸣声。它们经过时，我总是避免待在垃圾场。它们会给我带来可怕的回忆。我诅咒查理令我想起这些，但也许他选择的时间和地点并非巧合？

"打开袋子。我想看看。"

"急什么，彼得？冷静。我怎么知道你是不是想给我递个哑弹？水晶有副本吗？"

"这次你不得不相信，没有副本。克莉奥的指纹还在水晶上。"

"好，行。"他在这里，所以至少他心里部分是想完成交易的。

我向前走了一步，查理举起手，把包藏在身后，阻止了我。

"等等……孩子们才这样做。你我早已不是小孩子了吧？这是我们的机会，看我们谁是对的。"

"对什么？"

从我们所站的空地的一角，我看到 UCU 顶部喷出烟灰，我突然意识到查理是多么想羞辱我。我觉得自己好蠢，我没想到他能如此邪恶。

我之所以愚蠢，是因为我不相信他看到别人被拖入泥污中，能获得如此的快感。但现在，我已经不准备再让他把我当成被他毁了一生的孩子了。

很明显，他应该想为那脖子上的一拳报仇。很明显，他想尽一切办法让我远离阿尔芭。

我早该知道，查理永远不会改变。

这是一场决战，查理只是迫不及待想狠狠踢上一脚，尽管他真的已经没有必要这么做了。

我的手微微颤抖着，几乎在警告我，即使在我设法欺骗自己、以为交换会顺利进行的现在，一股无形的复仇力量也正在向我发起攻击。

二十二年前，此时此地。

我和查理在这里猫着腰，等了整整两小时，猎捕价值。我们看到一辆 UCU，这是第一辆被派来筛查我们附近垃圾的车。那是大都会的一个意外之举——更准确地说是逆转公司——试图限制我们觅食。

我们难以置信地看着对方，不明白它的任务，于是躲在阴影里，准备逃跑。

现在，在我们上空拉长的阴影和当年几乎一样，只是我已经不是八岁的孩子了。

"你要做什么？你要战斗还是退缩？你还是不是男人？还是说你是个碎屑做成的大木偶，先是木桩，现在是假肢？你仍然生活在同样的废墟，你还在收集同样的垃圾。像你这样的人是没有希望的……连基皮都会繁殖，而你却没有，你连生孩子都没有成功。垃坂至少会繁殖，它的体量增长，但你……狗屎，彼得，你连这点都不行。没有孩子，你会老死，就这样。即使你打算——我不明白你打算怎么做到——让这个阿尔芭重生，她也会保持年轻，有一天她会看清你的真面目，她会意识到你才是真正的残障。到了那一天，她会为了别人而抛弃你。"

"你又是谁，有什么资格来评判我，查理？你真的以为你知道什么是爱吗？你……在所有的人中……你最没资格指手画脚，尤其是在爱的问题上。我的假肢？我们都知道到底发生了什么事，你可以在阿泽维多家的人面前炫耀，但你不能扭曲事实，我晓得。"

拐角处出现的 UCU 是一种敏捷的生物，它有灵敏的嗅觉感应器和令人沮丧的能量装置，装在防弹外壳里。它们可以摧毁身边经过的一切，并将其原子化为无名的分子物质。回到逆转公司基地，一台智能高分子 3D 打印机将这些物质变成再消费主义商品。

我记得查理把我推到了第一台 UCU 面前，他说我比他瘦，设法说服我，说我不会有任何困难进入内室的开口，可在那里收集各种有价值的物品。他说稍后他就进来，我们一起在里面打猎。

那时我还年轻。那时我对查理一无所知。这些都是他喜欢的东西：将暴行暴露给世人、折磨、公开示众。偷窃对他来说不够了，强暴也不够。人类是自然界最变态的物种之一，查理属于人类——从内心到灵魂。人类会玷污任何事，搞坏一切。

"那你准备好了吗？"

这里没有人意识到即将开始血战，也没有人意识到即将发生流血事件。因为没有人知道二十二年前这里发生了什么事。

"不管你信不信，我准备好了。你确定还记得怎么进入其中？"

他的沉默让我感到警惕，怀疑他是想引诱我上当。他的傲慢证实了我的猜想。

他把袋子放在地上，双手互搓。

"我不会让你失望的，排骨精。"

我身后有人嘀咕着什么。他们可能在冷笑。

"别再废话了。我们比试吧！"

"哦，你是个硬汉子，是吗？很好。当 UCU 到我们这里，你把水晶扔进第一只，我把袋子扔进第二只。谁先拿回他的奖品，谁就赢了。"

"彼得，别干。这是个圈套。从 UCU 里拿出一个水晶和拖出那袋子完全不是一回事。"

艾恩是对的，但我的战利品比他的贵重得多。我见到了阿尔芭的死。克莉奥的死，我也在场。尽管知道他们已经死了，但我从未停止过相信自己能听到他们的声音，触碰他们。

我已经被骗得够多了。我不打算轻易放过查理。

"我必须试试，艾恩，这很危险，但在这一点上，保护神要求我这么做。"

我伸展身体，调整好假肢，如果这次我不能站出来，如果这次我不能直面查理，那么，被基皮吞噬了活该。

他看起来一副好整以暇的样子，如此肯定自己能打败 UCU，如此相信乔会原谅他，相信阿泽维多家族会让他成为他们的下一任领袖。我一无所有。我这辈子只爱过一次。那份爱从未消失过。这值得付出一切。

"好吧，彼得，我明白了。只要需要，我们一直在这里。"

我将手放在他的肩上，安抚着这个疯狂而睿智的老者，然后另一段记忆浮出水面，萦绕在我的脑海中。黑暗中的卤素灯吸引了成群的飞蛾，渐成一团黑云，围住那辆老式 UCU 的车头灯。灯光暗淡的基皮表面上，令人颤抖的阴影震颤着，那咀嚼和撕扯混合的声音令人胆寒。我们应该跑。

软软的橡胶獠牙挂在 UCU 的嘴里，并不是锋利刀片。进到里面很容易，问题是要留在里面，然后再完整地出来很难。

查理太想进去了。在他脑海里，那是一个移动的宝箱，就等着被埋伏和掠夺。

一进去，我的心脏就猛烈地跳动起来，好像要从胸腔里迸发。一股令人作呕的恶臭让我的食道发紧。尖锐的物体——锯齿状的玻璃和金属碎片——划破了我的衣服，削破了我的皮肤，刮伤了我的脸。我不在乎，我是个战士，做着战士该做的事。

查理跟在我身后，挥舞着一根轴杆，把轴杆插在了那只垃圾畜生的嘴和它的上颚之间。有几秒钟，我们成功地让它吐出了价值。

雪地眼镜。

一副军用望远镜。

一座卡利女神的雕像。

一整台饮水机。

我像个疯子一样到处乱找，查理对我找到的东西做出专家估值。我挖来挖去，我的手深陷在垃圾堆里，他把我找到的好东西都挑了出来。

古董相框。

生了锈但还能用的玩具。

结婚礼服。

然后，打了两个大嗝之后，UCU 把轴柱压扁了。第三次打嗝的时候，轴柱像牙签一样断了。查理像子弹一样飞快跳了出去。当他转身帮我爬出来的时候，他看到杂物中间有个东西闪闪发光。他唤起我的注意力，并向我指了指它。

命运频频向我提出一些难以想象的荒唐事。我越是接近真相，事情就越是复杂。

我把水晶扔进了 UCU 的大嘴里。机器锁定了它，贪婪地把它吸了进去。查理对第二只 UCU 也是这样做的。它的下颚张开大口，把装着阿尔芭的袋子吞了进去。继人类的纯洁又一次被侵犯了，但她的光辉只在我疯狂的愚念中闪耀。

查理开始奔跑，大喊："来吧！比一比！"

我们都向前跃去：两个白痴举行一场无谓的决斗，和对方争夺一束烟花铳梦。我们前进时，目光相遇，这次的目光相交中没有仇恨。

　　我们都坚持各自的幻想才是正确的。我的是爱，查理的是权力。这一切有什么意义？

　　在离我们的目标五米处，警示声响起。一声短促的哨声后，响起长长的一声。我们都无视了警告。UCU 炮塔上的球镜瞄准周围的入侵者。

　　UCU-9 的设计是为了防御基皮。不过，这自然不是全部。要知道每天有多少潜入者为了抢夺一些价值的东西而冒着生命危险，甚至失去了生命？他们为此加强了火力。

　　就像二十二年前，我扑向 UCU。这次，刨爪给我带来了巨大的力量，我在下降的叶片之间俯冲，用钽臂保护着自己。我眼角则瞥见查理放慢了速度。在离 UCU 一米远的地方，他就停了下来。

　　我哥哥这混蛋。

　　我哥哥这骗子。

　　我失去了平衡，被它的牙齿夹住了。刀片的冲击力很猛烈。我成功地将刨爪和钽臂夹在自己和刀锋之间。我的假肢缓冲了压力。UCU 下颚啪的一声合上，我毫发无损地滑了进去，现在的我和当时一样。

　　艾恩是对的，也是错的。查理从来没有想过要抢夺水晶。无论

252

如何，他的罪恶将消失在 UCU 的肚子里。从一开始，冒风险的只有我。

袋子即将被垃圾流吞没。我跳上一个倾斜四十五度角的架子，及时抓住了它。

当年，查理想让我给他弄个戒指，在垃圾地卖了，好有 K 来讨好他的新欢，和"果汁"乔共度美好时光。为了得到他想要的东西，我把一只脚留在了基皮里。我的鞋带卡在了汽车的碳化外壳上，很快我就感觉到我的膝关节"啪"的一声折断，完全没有抵抗力。然后，支撑着它的肌肉和软骨都消失了。我另一只手抓住把手，吊扇锈迹斑斑的刀刃划断了我的前臂。

这不是结束，只是噩梦的开始。

先是我的腿被压断了，紧接着是我的手臂，只剩下两只假肢和我的肉体相连。后来我发现他根本就没有把戒指在垃圾地卖掉，他已经把它送人了。

虽然看起来很不可思议，也很荒唐，但这一切又发生了，就在此时此刻。那只受损的手臂现在已经失灵了，远远不能保护我的脸不被 UCU 升起的厉角和锯齿状的边缘伤害。钽臂嘎吱作响；它没有碎掉，但力量已经没有了，不动了。

这台 UCU 无法征服。即使我的强化假肢也无法给我希望，征服它的暴怒。

我把袋子紧紧地攥在胸前，就在 UCU 的下颚张开来，要更好地咀嚼我的时候，我向外看去。就像二十二年前一样，查理站在那里看着我。他表情陶醉；我一定是一副完了的样子，就像某个地狱般的水族馆里的一条倒霉的鱼。小时候，我们经常把半死不活的鱼卖给源圣区的寿司店，好赚取几K。我们先用氰化物瓶把它们弄晕，然后用网把它们从阿克伦河岸边捞出来，把毒药的残留冲洗干净，然后带着它们跑到卡利亚的厨师长伊苏那里。

现在也差不多。

有东西硬生生地压在了我的腿上。接着，突如其来的剧烈运动将它朝反方向扭弯，一股血流混着腐败的毒液，流遍我周身。

即使有东西砸到我的脸上，我也保持着直立，用刨爪站着。一根排气管和一方柜子在我的身上留下了印记。我的视仪的LED灯疯狂地闪烁：疼痛平衡器告诉我，我被撞穿了。这消息传来后，我没有任何的疼痛感，也没有发抖，甚至一点反应也没有。

没有汗水，没有眼泪，也没有脸红。

我的耳朵在流血。我的一颗牙齿掉出来，另外两颗牙齿在牙龈上晃动。

我的视仪开始减弱。屏幕上显示着颤抖的数据耀斑。当我跌跌撞撞地穿过UCU时，我意识到它想吞噬我。它并不在乎我是否还活着，哪怕只是暂时地活着。它知道有机物的命运。

重新控制住自己的身体，我抓住一个洗衣机，稳住自己。在查理的身后，我朋友们的身影向我跑来，他们向UCU的感应塔扔石头，对着它破口大骂，他们竭尽所能地分散它的注意力。

难道是因为我完蛋了吗？是因为我不明白他们要做什么吗？

UCU 停了下来，我失去了平衡。我靠刨爪从地板上滑落到它的下颚之间。另一条腿也没了，金属是我唯一的希望。刀片沿着加固的表面滑向假肢，当它越过刨爪后，就会碰到我的血肉，然后是腿骨。一股股鲜血迸发，喷洒在每个地方。我紧紧地压住基皮，想办法跪下来。呜咽和颤抖着，我濒临崩溃的边缘——不仅仅是比喻。

失败很难受。

我转过身来，抬起抱着袋子的手臂，设法把头和肩膀伸出来。如果我像二十二年前那么瘦，我现在早就出来了。现在，我的肚子卡住了我，我大喊，诅咒着纪子。

没有人敢走近。对我即将到来的命运的恐惧和厌恶让他们齐齐退后一步。他们一言不发，对即将发生在我身上的事感到惊恐。

我离得如此之近，却又如此之远。我所向往的世界离我所在的地方总是只有一步之遥，或者说是一光年的距离。

钽臂的手指从我的左肩上抬起两毫米的刀锋，但三十公斤的钢梁却落在我剩下的膝盖上。我不再想了。我只是在钢梁滚到一边的时候吸了口气，把自己从 UCU 的下巴上拉开。

阿尔芭在我剩下的手上。就连钽臂也被牺牲在 UCU 里。

小伙子们接过袋子，六个人保护着它。

查理舔了舔嘴唇，吐出几个字："干得好。现在叫你弟弟也不算丢脸。"

我不知道他设下这一切，是为了报复，还是为了教训我。不管哪种，都在我尝到打捞到阿尔芭遗骸的幸福感中烟消云散。

查理打了个哈欠，空着手向拉保尔街走去。我最后听到的是头顶传来的声音。

"让我们把袋子带走，还有彼得·佩恩。"

我又坚持了一会儿，才在艾恩的怀里失去知觉。艾恩，像食人魔一样丑陋，又像天使一样善良。

我的存在，就像轮盘一样。可惜的是转动它的是其他人。可惜的是，这个游戏经常被人操纵。付出越多，输得越多。

唯一的胜利方式，就是结束一切。

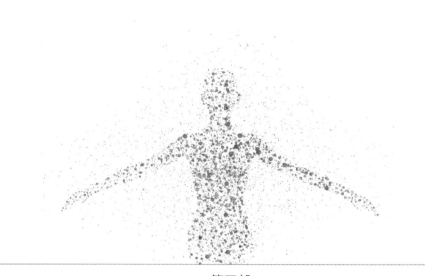

第四部

尾声

第二十四章　结局 A：最后的疑问

"彼得，你能听见吗？"

我伸出一只手，它碰到了某种透明物。我感觉不到另一只手，一切都是陌生的。

"你打了镇静剂，不能起身。"

是艾恩沙哑的声音。余下的世界失去了焦点，画面一片茫茫。

"我在哪里……她还活着吗？"

艾恩转过身，似乎向别处寻找答案。

"我们拿到了她的部件。她……安全了。"

长着长长翅膀的保护神，通过长久、执着和坚定不移的疯狂，把我带到了这里。现在看来，自从它占据了我的身体后，它就像一只妖魔，一只能够给我带来等量幸福和痛苦的能量兽。

我的肚子轻轻地传出咕咕声。

"不久，你就会觉得好多了。"艾恩让我觉得，他就是我个人的保护神——或者说是它在尘世间的代理。

"继人类，是他们把她复原了吗？"

他再一次转身，向另一方向寻找答案。他拍了拍我的肩膀，疼痛令我安心。

"他们正在处理，我想快完成了。"

我试着抬起头，但它却与坚硬而冰冷的物体相连——一架玻璃钟在我的头顶飘浮。然后，我看到了自己的身体，全身都是残肢断肉和金属。我的残余肢体沾满了凝固的血迹，断裂的金属边缘在我受伤肉体的红白之间交织。

我全身的每一根纤维都在努力地寻找艾恩答案的源头。如果我眼睛使劲聚焦，我几乎能看到那些难以分辨的身影，它们融在一起，现出朦胧的轮廓。它们既清晰，但又很模糊，在放着阿尔芭的床上起伏着。它们从束状的中心点向她身体的各个部位发射灼热的光，构连和焊接她的身体。

很奇怪，尽管被肢解、成了残废，但我感觉完整而充沛。

"艾恩，带我靠近点，我想看看她。"

"他们说，这是他们第一次这样处理，这对他们来说是一次非常有意义的工作。"

"我不在乎，你知道为此我等了多久了吗？"

我的床被推近了，现在我离另一张床只有三米远。

"对不起，彼得……我只是想告诉你，他们很感谢你的付出。"

"我不是为了他们。"

沉默。艾恩让我把注意力集中在阿尔芭身上：一个没有生命的女人，一个被认为已经死了的人，我把十五年的生命交付给她的头颅。最后，这位死了的姑娘，会报偿我的爱。我希望如此。

如果她不爱我呢？

如果更糟，她爱我只是出于感激之情呢？

如果阿尔芭的完整身体——在每一部分都满足了死骨帮的成员之后——对我来说还不够呢？如果我所要找的东西，根本就不在那具被继人类更新的身体里呢？

我在等待着久违的征兆。

"艾恩……当梦想还无法实现时，当我还在追寻着鬼魂时，我数着日子，每一天都是必然的痛苦。我有理由走下去，有任务要完成，即使我多次迷失方向、信任错误的人，还有其他一切……现在，现在她快复活了，我怕她怕极了。"

"该死的彼得……现在不是怀疑的时候！你应该看看你获得的成就，而不是你还有多少事情要做。你从死亡中重塑了生命，换做任何一个稍有常识的人，都会放弃这样的计划……我的话要是听起来很荒唐，抱歉。"

他举起放在玻璃罩另一边的手掌。

"抬头看。"

他指着圣殿的穹顶，上面有栩栩如生的铭文闪现。

静祈赞

赐吾以宁，安不动之常；遗吾以勇，绍彼之能变；贻吾以智，辨须分之义。

——莱因霍尔德·内布尔 [①]

在摩尔寺的黑暗中，在我玄想了多年的地方，我终于流下了眼泪。

小时候，我几乎每天都会哭，常常是在周围没有人注意的时候默默地流泪。等我稍稍长大一些，那些眼泪就会在我的眼皮后面停留更久，等到我把焦虑吞到肚子里时，眼泪才会喷涌而出，就像脑袋被击中。

这是个爱哭鼻子的孩子的眼泪，让我感到厌恶。我用手背擦拭着，抹干脸，凝视着身体里再次开始颤动着生命的奇观。

阿尔芭的手指动起来，就像以前抚摸我的头时一样。我的脊背战栗。

继人类面前有个状态指示条：

[①]　莱因霍尔德·内布尔（Reinhold Niebuhr, 1892—1971），美国著名牧师。原文直译如下：愿上帝赐给我平静，接受我无法改变的事；愿上帝赐我勇气，改变我能改变的事；愿上帝赐我智慧，明辨两者的差异。

意识下载：95%

即将觉醒的阿尔芭，就是"北方的天空"里的阿尔芭。阿尔芭二十三岁，而我已经三十岁了。谁知道她会不会记得我？她会不会认得我？那个骨瘦如柴的孩子，那个从卡萨尔山顶上窥探她的皮包骨，现在却成了一个废人，如果不被什么电器、冰箱、乌鸦之类的东西威胁到，几乎不可能减掉几克体重。

这一天终于到来，而我厌恶现实。要是我只存在于幻想的世界，那倒更好。要是这仅仅是个游戏，我一定会更加冒险——一条命是不足以探索我们究竟是谁的。我的思绪又飘荡起来，远离了这久违的梦想终成实现的恐惧。

艾恩注视着阿尔芭被复活。这一定是每个工程师的愿望，希望自己能成为上帝。他仿佛看透了我的心思，开始告诉我他的任务进展如何。

"我还没告诉你……我和拉沙已经取得了很大的进展。我写了一个程序，教其他人如何建造我的太阳树。我们已经制作了一些副本，拉沙把它们分发给了其他的垃圾场。任何有视仪和网络连接的人都会把它分发给他们认识的人。"

"臭先生会很高兴的。"

艾恩低下头，压抑着自己的愤怒。

"这不是复仇……我的决心没有改变。"

"你也有一个恶魔要安抚。"

他向我皱起了眉头。他是这些年来我唯一能接受的陪伴。我不想伤害他，也不想告诉他我知道他在疯人院里的时光。如果现在他还不知道，有一天他自己会想起来。

"逆转公司不会因为你的小礼物而高兴。"

"他们得重新考虑很多事。"

我萎靡不振的手缩了回去，阿尔芭抽搐的手放开了，她重新复活了。

我从来没有怀疑过，曙光终究会降临。

她的灵魂，即使在沉睡的时候，也在通过我构思、安排、计算和表达着。我有证据。她的眼睁开，我的眼光亮。

第二十五章　结局 B：无尽

"彼得，你能听见吗？"

我睁开眼睛，不知自己身在何处，但声音却很熟悉。

"我在哪里？"

"在你一直想去的地方。"

我的身边满是青竹。吊扇转着温暖的风，暖暖地吹着皮肤。透过离我脚下不到一米远的窗户，海水荡漾着涟漪，倒映在墙上。脚下，花瓶里插满蕨类植物，装点着陌生的房间。

我在做梦吗？我死了吗？还是我在游戏球中？

"我们得抓紧时间……去洞穴的旅行还有四十分钟出发。"

"什么旅行？什么洞穴？"

纪子。我很疑惑，有些怀疑纪子是不是赢得了什么旅行，天知道她想把我拉去哪里。但那声音里没有通常隐藏在纪子温柔话语后的暗暗的威胁。

"巴顿溪洞 ①。我们要坐特殊的独木舟进去，船上有夜视灯。导游们说玛雅人用它来做古代墓葬仪式。"

我手肘撑在床上起来，笑容在我的脸上荡漾。

阿尔芭。

在阿尔芭优雅的颧骨下，我看到她唇角上扬，从她明亮的眼睛里看到我的倒影。

我向她伸出手。鸡皮疙瘩在我身上密布。她的脸是焦糖色，身材挺俏。阿尔芭从各个角度都闪耀着异国风情。

"我们在这儿多久了？"

一个毛茸茸的脑袋从窗外探进来，阿尔芭剥了一根香蕉，扔给挂在窗台上的手。

"快三个月了。"

猴子吱吱道谢，又消失了。

"真的？我什么都记不清了。"

"很正常，有时会发生。"

"什么意思？发生了什么事？"

她穿上一条荧光的泳衣，我从床上坐起来。我的眼里满是喜悦。她的乳房令我肌肉肿胀。我润湿了嘴唇，从床头柜上拿起杯子喝水，假装口渴。

———————————

① 中美洲著名洞穴，全长六千多米，著名的冒险胜地。

"有时，数据会丢失。可能会丢失几个星期，有时几个月，甚至几年……但这并不重要。"

"你呢，有没有发生过这样的情况？"

"当然，这种事谁都会有。有次我丢了十五年，但最后我又找到了你。"

她朝我眨了眨眼，后果就是，床单下凸起了一块。

"那就没什么好担心的……"

"是啊，我们唯一要担心的就是去巴顿溪洞的行程。你已经计划了好几个月了。这是我们来这里的目的。"

我动了动要起身，但阿尔芭却先动了动，扑倒在床上。

她给我挠痒痒。她挑逗和诱惑着我，把她的乳房压在我的脸上。

"哦，等等，我想起来了。四十分钟后出发——但是明天！"

我笑着抓住她的腿，把她拉到我身边。她踢着，即使我舔着她的脖子，她也在反抗。我们互吻。

也许我在说谎，也许没有，但她还是上当了，也可能是在调情。她变得温顺起来，对我扑闪着眼睫，安静下来。

我们的手指缠绕在一起。我们把思想融合在一起，彼此融入对方。

我很惊讶于爱情的真实。想到第一次见到阿尔芭时的幻觉，那种超越想象的渴望，爱情让这些成为真实。

　　所有曾压缩和阻隔在她体内的痛苦、遗憾、怀念和希望，都在她脸上流光溢彩。我吻着她的脸颊。

　　我喜欢看到她离我如此之近。

　　雨云挂在蒙都尔公墓破旧的遗迹上。肿胀的云层里满是毒剂，摇摇欲坠，准备在大都会上空释放毒液。

　　两个戴兜帽的人走到门口，要求进来。

　　提瑞斯先生颓废的脸上露出了一丝微笑。他的鹦鹉们都在鸟筑里安顿好了。

　　"欢迎，有何贵干？"

　　高个子掀开雨衣，拿出一束凋零的花：一束槲寄生、金银花、冰兰和几朵红菊花。

　　"我们来探访一个人。"

　　"你们知道在哪儿吗？"

　　"知道，以前来过。"

　　提瑞斯先生用手摸了摸帽檐离开了，两个身影朝电梯走去。两人中的瘦子似乎很着急。

　　"我们要抓紧时间，在两个小时内赶回去。其他的垃圾堆已在行程安排里了。"

　　"不会迟到的……我们能走到今天这一步，一定程度上得感谢他。没他的帮助，我连自己是谁都不知道。"

　　"我明白，只是想提醒你一下预约。我们还需要做多少份？"

"多多益善。大都会只有一个，但基皮到处都是。"

当他们走到二十五楼时，两个身影加快了速度，直到走过走廊的一半。他们把那束花放进花瓶里，旁边的显示屏上显示着阿尔芭·维森特和彼得·佩恩的照片。他们肩并肩，死亡日期是 2040 年 8 月 9 日和 2056 年 1 月 22 日。两人的头像旁还有一盏红灯。

"他们都不在了，可惜。真希望能把这个好消息告诉彼得。"

"他迟早会发现的，艾恩。这也许不是革命，但是个开始。"

"你说得没错。月亏则盈，每一个尽头都包含着新发芽的种子。"

第二十六章 结局 C：无情之爱

"彼得，你能听见吗？"

"是的，太不可思议了！"

我的身体在舱门处接受扫描，没有警报声响起，这很好。禁止携带肉身上船。

"这不完全是我心目中的旅程，已经超出了……"

我犹豫了一下，然后就踏上了通往戈文达号的舷梯。阿尔芭牵着我，直到我们登船。

认识她——或者说在这么多年后重新认识她——是我的救赎和解脱。救赎，是因为她靠继人类的保险单用 K 支付了她的下载和我的上传费用；解脱，是因为事实证明，我整个人生的焦虑和担忧都是毫无根据的。

现在，我知道了她的一切，我有些不好意思了。

当我比她年轻时，阿尔芭对我有一种纯粹的爱护，考虑到我当时的年纪，那是一种无关性爱的同情。这是一种真挚的感情，长期埋藏在十五年的疏离之下，现在才有了生根发芽的机会。

我没说什么，怕自己看起来像个白痴，但我相信阿尔芭的头脑，即使在她没有身体、沉眠时，她的大脑也还活着。

等到合适的时机，我会问清楚的。

也许我是最后一个对她好的人类，也许我是唯一关心她的男人。事实上，对我的记忆留在了阿尔芭心里——用继人类的话说，那不再拥有的地方。有时候，你并不需要一颗心。

现在她比我年轻，一切都没有改变。也许永远不会改变。

"佩恩夫妇，欢迎来到戈文达号，我是船长帕特·摩尔盖特[1]，我代表全体船员祝你们旅途愉快。"

这是我第一次离开大都会，向着群星飞去。我终于能享有一个比卡萨尔山更高的观测点了。

阿尔芭紧紧握住我的手，她手的触碰令我如遭电击。她的另一只手滑过我平坦的小腹，停在我臀部上。她也颤抖着。

她吻着我的唇，她的嘴贴着我的嘴，比女迎宾员预想的时间还长。

二十三岁，有些事做起来还不尴尬。我知道她的真实年龄，但我并不像船员们那样震惊。

----

[1] 船长的姓氏叫 moorgate，暗指提升为继人类的摩尔寺之门。

在主甲板上，我们把行李箱的程序设定为等待十五分钟。阿尔芭催促我跟她走。出于习惯，我打开了安全代理。

"猜猜我要带你去哪里？"

她调皮地笑了笑，在前面带路，脑海里已有了飞船蓝图。

"我知道，你要去洗手间。"

我们溜进了男洗手间。对阿尔芭来说，这就是我们的婚房。我不知道她为什么特别喜欢这里。也许这让她想起，在我衣柜里度过的那些年，想起了我们两个人危险的亲密关系。她脸上放肆的表情激起了我的兴趣，征服了我。

这强烈的欲望不可压制。

她解开了自己的衬衫。我掀开她的裙子，解开裤子。阿尔芭把长发放下来，她火红的秀发在我的胸前搔痒。在安全官的注视下，我们默默地做着一切。他无疑在通过闭路电视监控系统偷窥我们。

她除下内裤，转过头去，我们两个人在镜中看见彼此。她的瞳孔放大，双腿分开。

我不过是一束亢奋的光子脉冲。

"阿尔芭，半步永生是什么意思？"

"这意味着人们忘了你，你也忘了人们。但我没有做到这一点。"

她的手指在我的小腹上划过，我喜欢这样的感觉。

相互交融曾是一种幻想，曾是被行行复行行的艰难所驱散的海

271

市蜃楼。现在，振荡的磁力将我们捆绑在一起，以双向的方式将我们连接在一起，我不由自主地笑了。那是一种迟钝、欣慰、男性特有的微笑。

我可以无限制地触及这唯一的人——那一直以来我无法企及的人，那对我来说比一切都要珍贵的人，那和我分享了这么多年房间里的氧气的人。

我的转变并非如星体坍缩一样的自发事件。它是和阿尔芭一起生活的直接结果。

我们所经历的是一种同理心的饱和，一种感官上的超越。

一股急促的力量震动着我们的身体。地面开始颤抖，戈文达号开始垂直上升。

我们紧紧地拥抱对方。

从舷窗里，我们看到，太阳那刺目的光线直插入卡利诺瓦和拉扎尔，照耀基皮覆盖的郊区。巨大的土丘，就是卡萨尔山，它有比其他的土丘更厚的痂，由人类的垃圾所生，是消费主义所养育的金字形神塔。

纪子和英子也许正迷失在神圣的维基镜中沉思，乌鸦在公寓里盘旋，寻找失踪的目标。

离开了艾恩和拉沙，我有些伤感。我唯独会想念他们。

天空中，针尖般的光点像无尽的幕布一样散开。这宇宙无法理解，它的意图仍然未知，它的动因也难以捉摸。

　　有东西吸引了我的注意力，不是阿尔芭，她还在用低语增助着我们的交合。黄昏时分，从大都会的沟壑中的不同地方，小小的霓虹灯点亮。透过影子更仔细地分辨，我能看到长长的干路两旁被燃烧的针点照亮，几十、几百个光点在夜色中燃烧着，把光亮还给了夜。在我的内心深处，情绪积聚到了顶点。

　　颠簸的进展让我感到异常温暖。我的嘴唇找到了阿尔芭的脖子，甜蜜的震动从她身上传到了我身上。

　　即使以现在这种新的形式，希望也超过了理性。然后，过重的负荷消散，河流退去。我们的呼吸变得缓慢而稳定。

　　我们没有心灵，但我们比机器丰伟。

▶ 后 记 ◀

（加拿大）亚娜·维兹穆勒 - 佐科

　　这篇后记并非旨在对这部杰作作出结论性的陈述，而仅作为抛砖引玉，讨论从来都难以定义的"成为人之意义"的话题，并分别从超人类主义和文学的角度来讨论。

　　超人类主义是世界范围内的哲学和文化运动，其主要宗旨为，相信人类所有能力的提升和增强——器官、情感、理性、科学和技术——将带来积极的成果。这些改善不只是简单地减轻疼痛或改善视力，还包括使用假肢、植入物、纳米技术、外骨骼等，以增强人类的能力，超越自然界的限制（例如增加鳃、使夜视成为可能，等等）。超人类主义重视理性、进步和乐观主义，通过自我决定、自我引导的方式进化。超人类主义认为，死亡并非不可避免：通过生命延续、冷冻技术或心灵上传等方式，忽略衰老是可以想象的，也是有可能实现的。

　　如果说科幻小说可以被定义为以某种尚未实现的科学进步为前提的文学作品，那么超人类主义科幻，则指涉那些描述自我主导进化的文学作品——不是指那些由他者创造的赛博格，而是指主体的提升直接由自我主导。

弗朗西斯科·沃尔索的《继人类》，是意大利科幻之林中越来越多的超人类主义的开山之作。虽然小说并没有特别关注自我主导的进化，但叙事的内容却走向了超人类主义的一个重要方面——心灵上传。《继人类》描绘了一幅未来的反乌托邦图景，在这里，一个消费主义、利益驱动、科技狂热、充满垃圾的复杂世界，一个由人类和继人类组成的世界，似乎抹杀了人类最重要的那些方面：爱情、身份、家庭、朋友和愿望，诸如此类。然而，这些主题和许多其他主题一起，在"自我"这一问题中找到了共同的主线，不仅仅是基本的"我是谁？"的问题，还包括一系列相连的问题，诸如"他者是谁？""自我如何与他者共存？""我适合生存在何处？"，或者"这一生我应该做什么？"

《继人类》提供了一种关于自我与他者之间的关系中，最值得注意的一种可能性。一千年来，人类已经承认了这样的事实，即自我和他者之间存在着一条鸿沟：一种二元的、排斥性的关系，将这两块碎片分割成清晰的阵营。诚然，人类学上的三角关系，或者说双重意识，提供了另一种三段式的观点，但依旧是相同的分隔方式：自我、他者、他者之自我。小说以赤裸裸、污秽的细节描述了这种二元对立的结果：近乎自相残杀、可能的弑母、"继人类灭绝"、排斥（例如艾恩的人物形象）和隔绝（人类对继人类，男性对女性）。

彼得·佩恩试图避免落入仇恨的陷阱，即使他一心想要报仇。他爱上了并不知晓底细的继人类，他一直爱着她，即使发现她是由一位60岁的老妇上传的意识副本。他寻找阿尔芭的碎片象征着他要找到自己——但不以排斥他人为代价。超人类主义的心灵上传技术便在此处展示了另一种可能性，亦在小说中得以展现：在他者内部成为自我。自我在任何年龄段都可以被上载到任何形式（不论人或非人），且能多次重复上传——正如阿尔芭的例子所示。自我可以生活在他人的记忆中。彼得·佩恩将自己的记忆上传到他母亲的全息程序中，她得以复活。然而，"他者中的自我"最具包容性意义的例子，则是彼得觉得阿尔芭活在他内部。当然，这些"佩恩式"的体验的严肃方面，也遭到了相当程度的讽刺。（具体来说包括：爱从充满垃圾的环境中生长出来；垃圾的形成和垃圾的再利用，同时也是心灵的回收再利用；彼得愿意上传他的心灵，并非因为他残缺、伤痕累累的身体，而是因为爱，等等。）

因此，自我和他者并不排他，而是相互包容：彼得和阿尔芭的新意识不是简单的想象，而是化身；不是梦境，而是上传。自我和他者之间没有对立，也没有模糊不清的轮廓。它们是封闭的、经验的、实践的、熟稔的和深入感觉的。它们不是流动的，而是包容的，并亟待接纳。

美国科幻作家弗雷德里克·波尔说："好的科幻故事应该预测到的不是汽车，而是交通堵塞。"《继人类》涉及的常见"交通堵塞"

并不仅限于科幻小说，例如：极端环境恶化、雇主的压榨、无法制止的侵略和暴力行为；也包括超人类主义技术产生的新问题：诸如自我建构的身体、心灵上传、心灵转换技术的滥用、对年轻一代的教育无能、人类与继人类的鸿沟、成为他者，等等。小说所写的远不止这些，因为它重新定义了自我与他者之间的关系，创造了一种新的"何谓人类"的方式：在他者中拥抱自我。

（作者为加拿大安大略省多伦多约克大学意大利研究荣誉副教授）